除了野蛮国家，整个世界都被书统治着。

后读工作室
诚挚出品

古文新觀

版刻对照本

陈平原
夏晓虹
编注

人民东方出版传媒
People's Oriental Publishing & Media
東方出版社
The Oriental Press

图书在版编目（CIP）数据

古文新观：版刻对照本 / 陈平原，夏晓虹编注 . — 北京：东方出版社，2024.3
ISBN 978-7-5207-3866-8

Ⅰ. ①古…　Ⅱ. ①陈… ②夏…　Ⅲ. ①古典散文—散文集—中国—先秦时代 - 清代
Ⅳ. ① I262

中国国家版本馆 CIP 数据核字（2024）第 039445 号

古文新观：版刻对照本
（GUWEN XINGUAN: BANKE DUIZHAO BEN）

编　　注：陈平原　夏晓虹
策　　划：姚　恋
责任编辑：王若菡
装帧设计：广岛 · UN_LOOK unlook-guangdao.com
出　　版：东方出版社
发　　行：人民东方出版传媒有限公司
地　　址：北京市东城区朝阳门内大街 166 号
邮　　编：100010
印　　刷：番茄云印刷（沧州）有限公司
版　　次：2024 年 3 月第 1 版
印　　次：2024 年 3 月第 1 次印刷
开　　本：640 毫米 ×950 毫米　1/16
印　　张：24.5
字　　数：183 千字
书　　号：ISBN 978-7-5207-3866-8
定　　价：92.80 元
发行电话：（010）85924663　85924644　85924641

序

陈平原

比起品鉴诗、词、曲及小说来，“文”的研习更为基本，难度也更大。一百多年前，白话文的提倡者喜欢批评传统中国言文分离，可正是中国文字的这个特点，使得大一统的局面得以长期存在，也使得中国读书人经过一定的训练，就能壁立千仞、思接千古，直接阅读秦汉唐宋文章。这在人类文明史上是很特殊的。

面对你不熟悉的古人文章，需要的不是知识，而是趣味与能力。换句话说，关键不在“背”，而在“读”——这里的“读”，包括诵读与品鉴，也包括句读。拿起一篇不太艰涩的古文，能读得断（至于是句是读，可不计较），就能大致理解。这种能力，对于读古书的人来说是必需的。据说黄侃先生传授自家读书经验以及训练弟子，圈点书籍是第一步，也是最为关键的（参见《量守庐学记》第 31 页、45 页、170 页，北京：生活·读书·新知三联书店，1985 年）。今日中国学界，即使是中文系教授，也没几个人像黄侃要求的圈读过全部“十三经”。但作为一种训练方式，圈点白文古书，依旧非常有效。

学习传统中国文化，阅读专家的整理本及注释本，当然是必要的。

很多艰深的著作，普通读者根本进不去，这个时候，确实需要有人引路。可如果连《唐诗三百首》《古文观止》也都做成白话译本，我以为是不必要的。对中国文史有兴趣的读者，应努力养成直面古书的习惯。没错，最初时障碍如山，但凭借已有的知识积累硬闯进去，读懂多少算多少，那样会很有收获。一旦拿得起古书，你就会发现，白话翻译不解决问题，因为很多时候，表达方式本身就意味无穷。

在一般读者视野中，与古文退场相一致的，是版刻及线装书的日渐消失。对于中国人来说，版刻（及线装书）的美，值得永远缅怀，且并非遥不可及。书籍作为一种出版形式，兼及物质文化与精神文化，而让今天中国非专业的读者也能接触某些版刻书籍——尽管只是片段，我以为是有意义的。宋元明清的版刻，各有其独特美感，本书尽可能兼及内容与形式，让初学者能尝鼎一脔。

与其大谈博大精深或玄而又玄的“国学”，不如学会读古书。看教育部推荐课外阅读篇目，第一类“文化经典著作，如《论语》《孟子》《老子》《庄子》《史记》等”，我实在有点担心。不知道有几个中学生通读过《庄子》或《史记》，甚至就连文史专业的大学生、研究生，也都未必能达到此标准。而细读好的古文选本，领略其中滋味，并借此掌握阅读古书的基本知识，这就够了。

我承认自己深受五四新文化影响，对古文的理解与姚鼐不同，编起“古文读本”来，也与吴汝纶有异。简要地说，本书的选文趣味如下：少替先贤立论，多讲自家感受；少经天纬地，多日用人生；少独尊儒术，多百科知识。基于此立场，本书选文二十则，大力压缩先秦至六朝文，凸显历来不被看好的明清之文；至于唐宋文章，略有拓展，只是重点有所转移。

虽然写过《中国散文小说史》《从文人之文到学者之文——明清散文研究》，编过《中国散文选》，也在北京大学中文系开设过相关课程，但用“版刻”“古文”“读本”，串联起我所理解的亲近中国书籍及古代文章的途径，还只是初步尝试。

因编者能力及趣味限制，选文（含版本）不见得很恰当；但借圈点白文读古书，我以为这路径是可取的。为方便读者自我检验，本册读本附录了已添加现代标点符号的整理文本，以供对照。

2019 年 7 月 27 日于大理旅次

附记

以“版刻”“古文”“读本”这三个关键词为支点，编辑一套别具一格，可供阅读、训练与鉴赏的图书，最初的起意是十年前，其间两次险些成功，最终都因出版方对销售前景没把握而取消。对于“古文”如何“新观”，出版社有兴趣；但对我兼及训练的版刻对照本，则很犹豫。可我更看重的是后者，此乃此书的趣味及精神所在。

这回接受东方出版社的建议，先牛刀小试，就选二十篇，兼及中学生与成年人，希望能得到正面的回应。因基本立场没变，保留四年前的序言，另外添加十则阅读指导性质的凡例。

需要特别说明的是，为让读者获得最基本的版本目录学方面的知识，出版方商请李致忠先生，摘录《古书版本鉴定》中若干片段，以供初学者享用。

本书的注释工作由夏晓虹教授承担。宋雪博士协助校对各版文字，特此致谢。

凡例

一、本书选录先秦至清代文章二十篇，依作者生年排列。

二、选文兼及各种文体，考虑作家的代表性。

三、题解部分无意“一槌定音”，而是表达自家兴趣，且长短随意。

四、文章略作注释，不作串讲与阐释，读者只求大致读懂，不必细究。

五、古文版本多有出入，选文以不妨碍阅读为要，关键性的差异略为辨析；用来对校的通行本主要是《先秦文学史参考资料》《魏晋南北朝文学史参考资料》《中国历代文学作品选》以及《历代文选》等。

六、建议先观版刻，再试读白文，最后对照整理本，如此循环往复，实为阅读古书的津逮。

七、此书可供大学及中学课外学习，也可供成年读者自我训练。

八、经过一段时间的基本训练，可试读自己感兴趣的未曾句读的古书。

九、穿插阅读版本目录学方面的基本知识。

十、不仅训练阅读古书的能力，也学会欣赏古书之美。

目录

养生主

庄子

庄子（约前369—前286），名周，战国时宋之蒙人。庄周一派，力斥儒家提倡的规矩绳墨，其绝圣弃智的政治观念及齐物我、等死生的相对主义思维方式，在思想史上影响极大。作为文章，《庄子》更值得注意的是其标榜“不知说生，不知恶死”“独与天地精神往来”的理想人格，以及“以天下为沉浊，不可与庄语”，故更多地借用譬喻与寓言（参阅《庄子》之《大宗师》及《天下》篇）。《养生主》中的庖丁解牛、《秋水》中的河伯与北海若对话、《至乐》中的庄周与髑髅辩死生，此等变幻莫测、神明诡异的笔墨，除了便于表达其“不言之辨，不道之道”，寄寓深刻的哲理外，本身便因叙述的意出尘外、汪洋自恣而具有一种特殊的美感。诸子笔下神人不少，可再没有比《逍遥游》中的这段描述更动人的了：

> 藐姑射之山，有神人居焉。肌肤若冰雪，淖约若处子。不食五谷，吸风饮露。乘云气，御飞龙，而游乎四海之外。其神凝，使物不疵疠而年谷熟。

与孟子的光明磊落、荀子的逻辑谨严大不一样，《庄子》以想象奇特、恍惚迷离而又仪态万千吸引读者。周秦诸子中，倘就玄理与隽语而言，庄子及其门徒允称第一。其笔墨的恣肆、辞采之瑰丽、行文的潇洒与句法之奇特，以及想象之夸张与怪诞，对中国文学的发展影响极为深远。

吾生也有涯[1]，而知也无涯[2]。以有涯随无涯，殆已[3]！已而为知者[4]，殆而已矣！为善无近名，为恶无近刑，缘督以为经[5]，可以保身，可以全生，可以养亲，可以尽年。

注释

[1] 涯：边际。
[2] 知：知识。
[3] 殆：危险。已：表示肯定的语气词。
[4] 已：如此。知：同“智”。
[5] 缘：顺应。督：中道。经：常法。

庖丁为文惠君解牛[6]。手之所解[7]，肩之所倚，足之所履，膝之所踦[8]，砉然向然[9]，奏刀騞然[10]，莫不中音[11]，合于《桑林》之舞[12]，乃中《经首》之会[13]。

文惠君曰：“嘻[14]，善哉！技盖至此乎[15]？”

注释

[6] 庖（páo）丁：名叫丁的厨师。一说即厨丁。文惠君：旧注为梁惠王。解：宰割。
[7] 解：通行本作“触”。
[8] 踦（yǐ）：抵住。
[9] 砉（huā）然向然：形容解牛时发出的声音。向，通“响”。一说砉然为皮骨分离之声，向然为刀砍骨肉之声。
[10] 奏：进。騞（huō）然：比砉然更大的声音。
[11] 中音：合乎音律。
[12]《桑林》：传说为商汤时期的乐曲。

[13]《经首》：传说中尧时的乐曲。会：节奏。
[14] 嘻：赞叹声。
[15] 盖（hé）：同“盍”，何。

庖丁释刀对曰[16]：“臣之所好者道也，进乎技矣[17]。始臣之解牛之时，所见无非牛者[18]；三年之后，未尝见全牛也。方今之时，臣以神遇而不以目视，官知止而神欲行[19]。依乎天理[20]，批大郤[21]，导大窾[22]，因其固然，枝经肯綮之未尝[23]，而况大軱乎[24]！良庖岁更刀，割也；族庖月更刀[25]，折也。今臣之刀十九年矣，所解数千牛矣，而刀刃若新发于硎[26]。彼节者有间[27]，而刀刃者无厚；以无厚入有间，恢恢乎其于游刃必有余地矣[28]！是以十九年而刀刃若新发于硎。虽然，每至于族[29]，吾见其难为，怵然为戒[30]，视为止，行为迟，动刀甚微。謋然已解[31]，如土委地。提刀而立，为之四顾，为之踌躇满志[32]，善刀而藏之[33]。”

文惠君曰：“善哉！吾闻庖丁之言，得养生焉。”

注释

[16] 释：放下。
[17] 进：超过。
[18] 意为所见为整体的牛，无下刀处。
[19] 官知：感官知觉。神欲：精神意念。
[20] 天理：天然的肌理与结构。
[21] 批：击。郤（xì）：通“隙”，指筋骨间的缝隙。
[22] 导：循着。窾（kuǎn）：指骨节间的空隙。
[23] 枝：枝脉。经：经脉。肯：附骨肉。綮（qìng）：筋骨盘结处。以上

均为损刀处。尝：试。

[24] 軱（gū）：大骨。

[25] 族：众。这里指一般人。

[26] 硎（xíng）：磨刀石。

[27] 间（jiàn）：间隙。

[28] 恢恢：宽阔的样子。

[29] 族：筋骨聚结处。

[30] 怵（chù）然：警惕的样子。

[31] 謋（huò）然：迅速解散。

[32] 踌躇满志：从容自得、心满意足的样子。

[33] 善：擦拭。

公文轩见右师而惊曰[34]："是何人也？恶乎介也[35]？天与？其人与[36]？"曰："天也，非人也，天之生是使独也。人之貌有与也[37]，以是知其天也，非人也。"

泽雉[38]，十步一啄，百步一饮，不蕲畜乎樊中[39]——神虽王[40]，不善也。

注释

[34] 公文轩：姓公文，名轩，宋国人。右师：官名，借以称人。

[35] 恶（wū）：怎么。介：独脚。

[36] 与（yú）：表疑问的语气词。其：抑或。

[37] 与：赋予。

[38] 泽雉（zhì）：水中的野鸟。

[39] 蕲（qí）：求。樊：笼。

[40] 王（wàng）：通"旺"，旺盛。

老聃死[41]，秦失吊之[42]，三号而出[43]。

弟子曰："非夫子之友邪？"

曰："然。"

"然则吊焉若此，可乎？"

曰："然。始也吾以为其人也，而今非也。向吾入而吊焉[44]，有老者哭之，如哭其子；少者哭之，如哭其母。彼其所以会之[45]，必有不蕲言而言，不蕲哭而哭者，是遁天倍情[46]，忘其所受，古者谓之遁天之刑。适来，夫子时也；适去，夫子顺也[47]。安时而处顺，哀乐不能入也，古者谓是帝之县解[48]。"

指穷于为薪[49]，火传也，不知其尽也。

注释

[41] 老聃：即老子，姓李，名耳，字聃，春秋时楚国苦县人。
[42] 秦失（yì）：一作"秦佚"，老聃的朋友。
[43] 号（háo）：大声哭。
[44] 向：刚才。
[45] 会：会集。
[46] 遁：通行本作"遁"，意为逃避。倍：通"背"，违背。
[47] 适：正当。来、去：指生、死。夫子：指老聃。时：时命。
[48] 帝：天帝。县（xuán）：悬挂。解：解脱。
[49] 指：读作"脂"，油脂。穷：指燃尽。

简策

简策，最简明的诠释就是编简成策。一根一根写了字的竹木片就称为“简”，将若干根简依文字内容的顺序编联起来就成了“策”（册）。“册”是象形字，像是绳穿、绳编的竹木简。“策”是“册”的假借字。

为了保护正文不致磨损，古人编简时常在正文简前边再加编两根不写文字的空简，叫赘简。今天书籍的封面，就仍然带有这种赘简的遗意。赘简的背面上端常常书写书籍中的篇名，下端书写所属书籍的书名，便于查找。

一篇文章的简编完，或一编编好的简写完，便以最后一根简为轴心，像卷竹帘子一样从尾向前卷起。卷起的简需要捆好，而后放入布袋和筐箧。这些盛装简策的布袋，就称为帙，一帙通常包含十卷。盛装帙简的筐箧，就相当于后世的书箱。简策书籍这种编联卷起的做法，只是适应竹木简的特质而形成的特定形式，但对后世书籍的装帧形式产生了极其深远的影响。帛书卷子装、纸书卷轴装的出现及长期流行，完全可以说是对简策卷起收藏形式的模仿和再现。

纂圖互註南華真經卷第二

莊子內篇養生主第三夫生以養存則養生者理之極也若乃養過其極以養傷生非養生之生也○音義曰養生以此為主也

吾生也有涯所稟之分各有極也○涯本又作崖魚佳反而知也無涯夫舉重攜輕而神氣自若此力之所限也而尚名好勝者雖復絕膂猶未足以慊其願此知之無涯也故知之為名生於失當而滅於冥極冥極者任其至分而無毫銖之加是故雖負萬鈞苟當其所能則忽然不知重之在身雖應萬機泯然不覺事之在己此養生之主也○冥音[illegible]註下同好呼報反勝升證反復扶又反下皆同膂音旅慊苦簟反足也以有涯隨無涯殆已以有限之性尋無極之知安得而不困哉○殆已向云疲困之謂已而為知者殆而已矣已困於知而不知止又為知以救之斯養而傷之者真大殆也為善無近名為惡無近刑忘善惡而居中任萬物之自為悶然與至當為一故刑名遠己而全理在身也○近附近之近下同悶亡本反又音門遠于萬反緣督以為經順中以為常也○緣督以為經李云緣順也督中也經常也郭崔同可以保身可以

吾生也有涯而知也无涯以有涯随无涯
殆已已而为知者殆而已矣为善无近名
为恶无近刑缘督以为经可以保身可以

全生可以養親（養親以適）○養（羊尚反，注同）可以盡年（苟得中而冥度，則事事無不可也。夫養生非求過分，蓋全理盡年而已矣。）庖丁為文惠君解牛，手之所觸，肩之所倚，足之所履，膝之所踦，砉然嚮然，奏刀騞然，莫不中音。合於桑林之舞，乃中經首之會。（言其因便施巧，無不閑解，盡理之甚，既適牛理，又合音節。○庖丁，崔本作胞，司白交反，庖人，丁其名也。管子有屠牛坦，一朝解九牛，刀可以剃毛。為，于偽反。文惠君，崔、司馬云：梁惠王也。觸孫於綺反。向履彼反。徐又於綺反，李音奇。踦，徐居彼反，向思綺反，李云：刺也。砉然，向呼鵙反，又分許鵙反，崔音畫，又古鵙反，李丁叉呼歷反，司馬云：皮骨相離聲。嚮然，許丈反。騞，呼獲反，本或無然字。奏如字，崔云：聞也。騞，呼獲反，徐許贊反，向也亦反，又音麥，崔云：音近獲，聲大於砉也。中，丁仲反，下皆同。桑林，司馬云：湯樂名。崔云：宋舞樂名。桑即左傳舞師題以旌夏是也。經首，咸池樂章也。司馬云：咸也。崔云：樂章名也，或云堯樂名。便，婢面反。解音蟹。）文惠君曰：譆，善哉！技蓋至此乎？庖丁釋刀對曰：臣之所好者道也，進乎技矣。（直寄道理於技耳，所好者非技也。○譆，許其反，音熙，李云：歎聲。進道良反，下同。好，呼報反，注同。）始臣之解牛之時，所見

全生可以养亲可以尽年庖丁为文惠君
解牛手之所解肩之所倚足之所履膝之
所踦砉然向然奏刀騞然莫不中音合于
桑林之舞乃中经首之会文惠君曰嘻善
哉技盖至此乎庖丁释刀对曰臣之所好
者道也进乎技矣始臣之解牛之时所见

無非牛者未能見其理間三年之後未嘗見全牛也但見其理間也方
今之時臣以神遇而不以目視闇與理會○神遇向云暗與理會謂之神遇官
知止而神欲行司察之官廢縱心而順理○官知如字崔云官知謂有所掌也向音[illegible]所司察而後動謂
之官智而神欲行如字向云從于放意無心而得謂之神欲依乎天理不橫截也批大郤有際之處
因而批之令離○批備結反一音普迷反字林云擊也父末父節二反郤去逆反郭音郤崔字云間也處昌慮反令力呈反下同
離力智反導大窾節解窾空就導令殊○導音道注同窾苦管反又苦禾反崔郭司馬云空也向音空解户買反因
其固然刀不妄加技經肯綮之未嘗技之妙也常遊刃於空未嘗經槩於微礙也○技本或作
猗其綺反徐音敧○肯徐苦等反說文作肎字林同口乃反云著骨肉也一曰骨無肉也崔云肯綮連曰骨間肉肯肯著也綮苦挺反
崔向徐並音啓李息係反又一音磬司馬云猗結處也綮古代反[illegible]王代反而況大軱乎軱戾大骨衄刀
內也○大軱音孤郭云軱戾大骨也崔云槃結骨磐安六反良庖歲更刀割也不中其理間也
○良庖司馬云良善也割司馬云以刀割肉故歲更作崔云歲一易刀猶甚割也族庖月更刀折也

无非牛者三年之后未尝见全牛也方今之时臣
以神遇而不以目视官知止而神欲行依乎天
理批大郤导大窾因其固然枝经肯綮之未尝而
况大軱乎良庖岁更刀割也族庖月更刀折也

𨱕骨而折刀也○族音奏司馬云族雜也崔云族聚也今臣之刀十九年矣所解數千
牛矣而刀刃若新發於硎硎磨石也○〔硎〕音刑磨石也崔本作形云新所受形也形音刑
發復反尚書傳云砥細於礪皆磨石也彼節者有間而刀刃者無厚以無厚入
有間恢恢乎其於遊刃必有餘地矣是以十九年而刀
刃若新發於硎雖然每至於族吾見其難為交錯聚結為族怵
然為戒視為止不復屬目於他物也○〔為〕于偽反下皆同又父發反行為遲徐其手也動
刀甚微謋然已解得其宜則用力少○謋徐許百反又音獲解音蟹下皆同如土委
地理解而無刀迹若聚土也提刀而立為之四顧為之躊躇滿志逸足
容躊躇自得之謂○〔提〕徐徒禮反〔躊〕直留反〔躇〕直於反善刀而藏之拭刀而弢之也○善刀貴猶拭也拭音式
張任勿反文惠君曰善哉吾聞庖丁之言得養生焉以刀可養
故知生亦可養公文軒見右師而驚曰是何人也惡乎介也介偏

今臣之刀十九年矣所解数千牛矣而刀刃若新
发于硎彼节者有间而刀刃者无厚以无厚入有
间恢恢乎其于游刃必有余地矣是以十九年而
刀刃若新发于硎虽然每至于族吾见其难为
怵然为戒视为止行为迟动刀甚微謋然已解如
土委地提刀而立为之四顾为之踌躇满志善刀
而藏之文惠君曰善哉吾闻庖丁之言得养生
焉公文轩见右师而惊曰是何人也恶乎介也

刖之名。○公文軒，司馬云：姓公文，氏名軒，宋人也。右師，司馬云：宋
人也。簡文云：官名。○惡音烏。介音界。司馬云：刖也。向郭云：偏刖
也。崔本作兀，又作跀，一云：斷足也。跀音月，又五刮反。天與其人與知之所無柰何天也猶其所知人也曰天
與其人與，與並音餘，又如字。司馬云：爲天命爲人事也。曰天也，非人也。天之生是使
獨也。偏刖曰獨。夫師一家之知而不能兩存其足，則是所柰何若以不師文知而必求兩全，則心神內困而形骸
外弊矣，豈直偏刖而已哉。○獨，司馬云：一足曰獨。○知音智，下之知同。人之貌有與也。兩足共行曰有
與之貌，未有疑其非命也。以是知其天也，非人也。以有與者命也，故知獨者亦非我也。是以達生
之情者不務生之所無以爲，達命之情者不務命之所無柰何也，全其自然而已。澤雉十步一啄，百
步一飲，不蘄畜乎樊中。蘄，求也。樊，所以籠雉也。夫俯仰乎天地之間，逍遥乎自得之場，固養
生之妙處也，又何求於入籠而服養哉。○啄，陟角反。蘄，音祈，求也。樊，音煩，籠也，所以籠雉也。向同。崔以爲園中也。處，昌慮
反。神雖王，不善也。夫始乎適而未嘗不適者，忘適也。雉心神長王，志氣盈豫，而自放於清曠之地，忽然
不覺善之爲善也。○王，于況反，注同。長，丁亮反，又直良反。老聃死，秦失弔之，三號而出。

天与其人与曰天也非人也天之生是使独

也人之貌有与也以是知其天也非人也泽

雉十步一啄百步一饮不蕲畜乎樊中神

虽王不善也老聃死秦失吊之三号而出

人弔亦弔人號亦號○老聃吐藍反司馬云老子也　弟子曰非
失本又作佚各依字讀亦皆音逸○號戶羔反注同
夫子之友邪　怪其不倚戶觀化乃至三號也○向許亮反　曰然然則弔焉若此
可乎曰然　至人無情與眾號耳故若斯可也　始也吾以為其人也而今非
也向吾入而弔焉有老者哭之如哭其子少者哭之如
哭其母彼其所以會之必有不蘄言而言不蘄哭而哭
者　嫌其先物施惠不在理上往故致此甚愛也○蘄音祈又先雞反又如字上往一本作住　是遁天倍情
忘其所受　天性所受各有本分不可逃亦不可加○遁天徒遜反又作遁倍音裴加也又蒲對反本又作背　古
者謂之遁天之刑　感物大深不止於當遁天者也將馳騖於憂樂之境雖楚戮未加而性情已困庸非
刑哉○大深音泰樂音洛下文注同　適來夫子時也　時自生也　適去夫子順也　理當
死也　安時而處順哀樂不能入也　夫哀樂生於失得也今玄通合變之士無時而不安
無順而不處冥然與造化為一則無往而非我矣將何得何失孰死孰生哉故任其所受而哀樂無所錯其閒矣○錯七路反

弟子曰非夫子之友邪曰然然则吊焉若此可乎曰然始也吾以为其人也而今非也向吾入而吊焉有老者哭之如哭其子少者哭之如哭其母彼其所以会之必有不蕲言而言不蕲哭而哭者是遁天倍情忘其所受古者谓之遁天之刑适来夫子时也适去夫子顺也安时而处顺哀乐不能入也古者谓是帝之县解指穷于为薪火传也不知其尽也

古者謂是帝之縣解以有係者為縣則無係者縣解也縣解而性命之情得矣此養生之要也

音玄解音蟹注同崔云以生為縣以死為解指窮於為薪火傳也窮盡也為薪猶前薪也前薪以指指盡前薪之理故火傳而不滅心得納養之中故命續而

不絕明夫養生乃生之所以生也○指窮於為薪如字絕句遙燭

前也傳直專反注同也傳若相傳續盡

也崔云薪火爝火也傳延也呼丁忖反不知其盡也夫時不再來今不停往

不一傳故人之生也一息一得耳向息非今息故納養而命續前

火非後火故為薪而火傳火傳而命續由夫養得其極也世豈知

其盡而更生哉

劝学

荀子

荀子（约前313—前238），名况，字卿，战国时赵人。主性恶，讲礼制，对被后世尊为“亚圣”的孟子大不恭敬，故很长时间其学其文颇受贬抑。其实，即便在正统儒家韩愈眼中，荀子也是“大醇而小疵”（韩愈《读〈荀子〉》）；更何况其以游学终生，对传授儒家经典起极大作用，称其“六艺之传赖以不绝”（汪中《荀卿子通论》），或者“学分之足了数大儒”（刘熙载《艺概·文概》），并非过誉之辞。

荀子之文，外平实而内奇宕，再加上体制宏伟，析理精微，代表先秦说理文章的成熟与定型。所谓荀子“文繁而理寡，去孟子固远矣，微独其道之多疵也”（吴敏树《书孟子别钞后上》）之类的说法，实未中肯綮。若《劝学》《解蔽》《正名》《非十二子》等文，撮纲要，统条贯，“持之有故，言之成理”，乃典型的学者之文。同样以绵密严谨著称，《荀子》不像《韩非子》那样峻峭与刻薄，时有雄辞丽藻相调剂，文章显得温厚可亲。如果再考虑到《成相》《赋》等对后世诗歌及辞赋的启迪，荀子在文学史上的作用，实在不容忽视。

君子曰：学不可以已[1]。

青，取之于蓝，而青于蓝[2]；冰，水为之，而寒于水。木直中绳[3]，輮以为轮[4]，其曲中规。虽有槁暴[5]，不复挺者[6]，輮使之然也。故木受绳则直，金就砺则利[7]，君子博学而日参省乎己[8]，则知明而行无过矣[9]。

注释

[1] 已：停止。
[2] 青：靛青。蓝：蓝草，可做蓝色染料。
[3] 中（zhòng）：合于。
[4] 輮（róu）：通“煣”，火烤木使弯曲。
[5] 槁：枯。暴（pù）：晒干。
[6] 挺：直。
[7] 砺：磨刀石。
[8] 参：检验。省：省察。
[9] 知：同“智”。

故不登高山，不知天之高也；不临深溪，不知地之厚也；不闻先王之遗言，不知学问之大也。干、越、夷、貉之子[10]，生而同声，长而异俗，教使之然也。《诗》曰：“嗟尔君子，无恒安息。靖共尔位，好是正直。神之听之，介尔景福。”[11]神莫大于化道，福莫长于无祸。

注释

[10] 干：为吴所灭之国，即代指吴。夷、貉（mò）：分指古代居住在我国东

部和北部的族群。

[11]“《诗》曰”句：见《诗经·小雅·小明》。靖，敬。共（gōng），通“供”。介，助佑。景，大。

吾尝终日而思矣，不如须臾之所学也；吾尝跂而望矣[12]，不如登高之博见也。登高而招，臂非加长也，而见者远；顺风而呼，声非加疾也，而闻者彰[13]。假舆马者[14]，非利足也，而致千里；假舟楫者，非能水也，而绝江河[15]。君子生非异也，善假于物也[16]。

注释

[12] 跂（qǐ）：踮起脚跟。
[13] 彰：清楚。
[14] 假：借助。
[15] 绝：渡过。
[16] 物：外物。

南方有鸟焉，名曰蒙鸠[17]，以羽为巢，而编之以发，系之苇苕[18]。风至苕折，卵破子死。巢非不完也，所系者然也。西方有木焉，名曰射干[19]，茎长四寸，生于高山之上，而临百仞之渊。木茎非能长也，所立者然也。蓬生麻中，不扶而直。[20]兰槐之根是为芷[21]，其渐之滫[22]，君子不近，庶人不服[23]。其质非不美也，所渐者然也。故君子居必择乡，游必就士，所以防邪僻而近中正也。

注释

[17] 蒙鸠：即鷦（jiāo）鹩（liáo），俗名巧妇鸟，善筑巢。
[18] 苇苕（tiáo）：芦苇的花穗。
[19] 射（yè）干：鸢尾科植物，根茎可入药。
[20] 通行本据王念孙说补“白沙在涅，与之俱黑”二句。涅：黑泥。
[21] 兰槐：一种香草，即白芷。
[22] 渐（jiān）：浸。滫（xiǔ）：臭水。
[23] 服：佩戴。

物类之起，必有所始。荣辱之来，必象其德[24]。肉腐生虫[25]，鱼枯生蠹[26]。怠慢忘身，祸灾乃作。强自取柱[27]，柔自取束[28]。邪秽在身，怨之所构[29]。施薪若一，火就燥也；平地若一，水就湿也。草木畴生[30]，禽兽群焉，物各从其类也。是故质的张而弓矢至焉[31]，林木茂而斧斤至焉[32]，树成荫而众鸟息焉，醯酸而蚋聚焉[33]。故言有召祸也，行有招辱也。君子慎其所立乎！

注释

[24] 象：体现。
[25] 生：通行本作“出”。
[26] 蠹（dù）：蛀虫。
[27] 柱：折断。
[28] 束：约束。
[29] 构：造成。
[30] 畴：同类。
[31] 质：箭靶。的（dì）：靶心。
[32] 斤：斧子。

[33] 醯（xī）：醋。蜹（ruì）：一种蚊虫。

积土成山，风雨兴焉；积水成渊，蛟龙生焉；积善成德，而神明自得，圣心备焉。故不积蹞步[34]，无以至千里；不积小流，无以成江海。骐骥一跃[35]，不能十步；驽马十驾[36]，功在不舍。锲而舍之，朽木不折；锲而不舍，金石可镂[37]。蚯螾无爪牙之利[38]，筋骨之强，上食埃土，下饮黄泉，用心一也。蟹六跪而二螯[39]，非蛇蟺之穴无可寄托者[40]，用心躁也。是故无冥冥之志者[41]，无昭昭之明；无惛惛之事者，无赫赫之功。行衢道者不至[42]，事两君者不容。目不能两视而明，耳不能两听而聪。螣蛇无足而飞[43]，梧鼠五技而穷[44]。《诗》曰："尸鸠在桑，其子七兮。淑人君子，其仪一兮。其仪一兮，心如结兮。"[45] 故君子结于一也。

注释

[34] 蹞（kuǐ）：同"跬"，半步。
[35] 骐骥：骏马。
[36] 驽（nú）：劣马。驾：一日的行程。
[37] 镂（lòu）：雕刻。
[38] 螾：同"蚓"。通行本无"蚯"字。
[39] 六：通行本作"八"，据卢文弨说改。跪：脚。螯：蟹钳。
[40] 蟺（shàn）：通"鳝"。
[41] 冥：昏暗不明。此处形容精神专注。下文"惛惛"（hūn）意同。
[42] 衢（qú）道：歧路。
[43] 螣（téng）蛇：古代传说中一种能飞的蛇。

[44] 梧鼠：通行本据杨倞、王念孙说改为“鼫（shí）鼠”。五技：许慎《说文解字》称其“能飞不能上屋，能缘（爬树）不能穷木，能游不能渡谷，能穴不能掩身，能走（跑）不能先人”。

[45]“《诗》曰”句：见《诗经·曹风·鸤鸠》。鸤鸠：同“尸鸠”，布谷鸟。《毛传》：“鸤鸠之养其子，朝从上下，莫（暮）从下上，平均如一。”仪：举止。结：固结，专一。

昔者瓠巴鼓瑟而流鱼出听[46]，伯牙鼓琴六马仰秣[47]。故声无小而不闻，行无隐而不形[48]。玉在山而草木润，渊生珠而崖不枯。为善不积邪[49]，安有不闻者乎？

注释

[46] 瓠（hù）巴：春秋时期楚国著名琴师，善鼓瑟。流：疑当作“沈”字（卢文弨说），即“沉”。

[47] 伯牙：春秋时期楚国著名琴家，善弹琴。秣（mò）：饲料。仰秣：正在吃饲料的马抬起头来。此句通行本在“鼓琴”之后有“而”字。

[48] 形：显露。

[49] 邪：同“耶”。

学恶乎始？恶乎终？曰：其数则始乎诵经，终乎读礼[50]；其义则始乎为士，终乎为圣人[51]。真积力久则入，学至乎没而后止也[52]。故学数有终，若其义则不可须臾舍也。为之，人也；舍之，禽兽也。故《书》者，政事之纪也；《诗》者，中声之所止也[53]；《礼》者，法之大分，群类之纲纪也[54]。故学至乎《礼》而止矣，夫是之谓道德之极。《礼》之敬文也，《乐》之中和也，

《诗》《书》之博也，《春秋》之微也，在天地之间者毕矣。

注释

[50] 数：步骤。经：指《诗》《书》《礼》《易》《乐》《春秋》六经；礼也指典章制度。

[51] 义：意义。《荀子·儒效》等篇依据修养层次的不同，分为士、君子、圣人三等。

[52] 没：通“殁”，死。

[53] 中声：中和的乐声。《诗》三百篇均可入乐。止：存。

[54] 分（fèn）：分际，原则。类：条例。纲纪：要领。此句通行本无“群”字。

君子之学也，入乎耳，箸乎心[55]，布乎四体，形乎动静；端而言[56]，蠕而动，一可以为法则[57]。小人之学也，入乎耳，出乎口。口耳之间则四寸[58]，曷足以美七尺之躯哉[59]？

古之学者为己，今之学者为人。君子之学也，以美其身；小人之学也，以为禽犊[60]。故不问而告谓之傲[61]，问一而告二谓之囋[62]。傲、囋，非也[63]，君子如响矣[64]。

注释

[55] 箸：同“著”，明。

[56] 端：通“喘”，小声说。

[57] 一：都。

[58] 此句通行本于“四寸”后多一“耳”字。

[59] 曷（hé）：岂。

[60] 禽犊：小的禽兽，如羔雁，古人作为馈献礼物。

[61] 傲：急躁。

[62] 囋（zá）：多言。
[63] 此句通行本作："傲，非也；囋，非也。"
[64] 响：回声。

学莫便乎近其人。《礼》《乐》法而不说[65]，《诗》《书》故而不切[66]，《春秋》约而不速[67]。方其人之习君子之说，则尊以遍矣[68]，周于世矣[69]。故曰：学莫便乎近其人。

注释

[65] 法：规范。说：解释。
[66] 故：往日。切：贴近。
[67] 约：简约。速：直截。
[68] 方：通"仿"，仿效。尊：指尊贵的人格。以：而。遍：指普遍的知识。
[69] 周：通晓。

学之经莫速乎好其人[70]，隆礼次之[71]。上不能好其人，下不能隆礼，安特将学杂识志、顺《诗》《书》而已耳[72]，则末世穷年，不免为陋儒而已[73]！将原先王[74]，本仁义，则礼正其经纬蹊径也[75]。若挈裘领[76]，诎五指而顿之[77]，顺者不可胜数也。不道礼宪[78]，以《诗》《书》为之，譬之犹以指测河也，以戈舂黍也，以锥餐壶也[79]，不可以得之矣。故隆礼，虽未明，法士也[80]；不隆礼，虽察辩[81]，散儒也[82]。

注释

[70] 经：通“径”，途径。
[71] 隆：尊崇。
[72] 安：则。特：只是。识：据王引之说，应为衍字。杂志：零散的记载。顺：通“训”，注解。
[73] 末世、穷年：均指毕生。
[74] 原：溯源。
[75] 经纬：喻条理。蹊（xī）径：门径。
[76] 挈：提起。
[77] 诎（qū）：同“屈”，弯曲。顿：整理，此处指梳理。
[78] 道：由。礼宪：礼法。
[79] 锥：此处指以锥子代替筷子进食。壶：古人盛食物的容器。
[80] 法士：守礼法之士。
[81] 察辩：明察善辩。
[82] 散：不检束。

问楛者[83]，勿告也；告楛者，勿问也；说楛者，勿听也；有争气者，勿与辨也。故必由其道至，然后接之；非其道，则避之。故礼恭，而后可与言道之方[84]；辞顺，而后可与言道之理；色从，而后可与言道之致[85]。故未可与言而言谓之傲，可与言而不言谓之隐，不观气色而言谓之瞽。故君子不傲、不隐、不瞽，谨慎其身[86]。《诗》曰：“匪交匪舒，天子所予。”[87] 此之谓也。

注释

[83] 楛（kǔ）：恶劣，指非礼。
[84] 方：方法。
[85] 致：极致。

[86] 此句通行本作“谨顺其身”。
[87]“《诗》曰”句：见《诗经·小雅·采菽》。匪，同“非”，不。交，通“绞”，急迫。予，赞许。

百发失一，不足谓善射；千里蹞步不至，不足谓善御；伦类不通[88]，仁义不一，不足谓善学。学也者，固学一之也。一出焉，一入焉，涂巷之人也[89]；其善者少，不善者多，桀、纣、盗跖也[90]；全之尽之[91]，然后学者也。

注释

[88] 伦类：条理次序。
[89] 涂：同“途”。涂巷：街巷。
[90] 桀（jié）、纣（zhòu）：分别为夏、商两朝的亡国暴君。跖（zhí）：相传为春秋时的大盗。
[91] 全：全面。尽：彻底。

君子知夫不全不粹之不足以为美也，故诵数以贯之[92]，思索以通之，为其人以处之，除其害者以持养之。使目非是无欲见也，使耳非是无欲闻也，使口非是无欲言也，使心非是无欲虑也。及至其致好之也[93]，目好之五色[94]，耳好之五声，口好之五味，心利之有天下。是故权利不能倾也，群众不能移也，天下不能荡也[95]。生乎由是，死乎由是，夫是之谓德操[96]。德操然后能定[97]，能定然后能应。能定能应，夫是之谓成人。天见其明[98]，地见其光[99]，君子贵其全也。

注释

[92] 诵数：反复诵读。贯：连贯。

[93] 致：极。

[94] 之：相当于“于”。以下三“之”字均同。

[95] 荡：动。

[96] 德操：有德而能持守。

[97] 定：定力。

[98] 见：同“现”，显现。

[99] 光：通“广”。

帛书卷子装

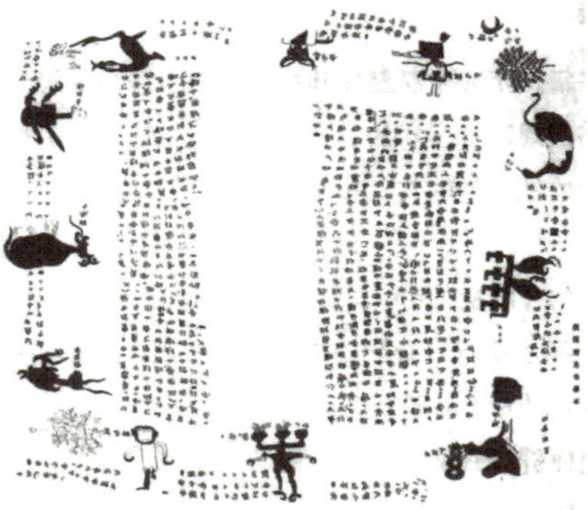

中国古代在竹木简书盛行的同时，丝织品缣帛也作为文字载体记录知识。这种以缣帛为材料制作的书籍，就称为帛书，也称为缯书。又因其色白，所以也称为素书。缣帛柔软轻便，幅面宽广，适于绘图和书写文字。

帛书的存放方式有两种，一种是将整幅的帛书折叠成若干叠幅，一种是将适当宽窄的帛书卷在二至三厘米宽的竹、木条上，称为帛卷。这种帛卷，就是帛书卷子装的造型。

荀子卷第一

登仕郎守大理評事楊　倞　注

勸學篇第一

君子曰學不可以已青取之於藍而青於藍冰水爲之而寒於水（以喻學則才過其本性也）木直中繩輮以爲輪其曲中規雖有槁暴不復挺者輮使之然也（輮屈槁枯暴乾挺直也晏子春秋作不復贏矣）故木受繩則直金就礪則利君子博學而日參省乎己則

君子曰学不可以已青取之于蓝而
青于蓝冰水为之而寒于水木直中
绳輮以为轮其曲中规虽有槁暴不复
挺者輮使之然也故木受绳则直金就
砺则利君子博学而日参省乎己则

智明而行無過矣（參三也曾子曰日三省吾身行下孟反）故不登高山不知天之高也不臨深谿不知地之厚也不聞先王之遺言不知學問之大也（大謂有益於人）干越夷貉之子生而同聲長而異俗教使之然也（干越猶言吳越呂氏春秋荆有次非得寶劒於干越高誘曰吳邑也貉東北夷同聲謂啼聲同貉莫華反）詩曰嗟爾君子無恒安息靖共爾位好是正直神之聽之介爾景福（詩小雅小明之篇靖謀介助景大也無恒安息戒之不使懷安也言能謀恭其位好正直之道則神聽而助之福引此詩以喻勤學也）

知明而行无过矣故不登高山不知天
之高也不临深溪不知地之厚也不闻
先王之遗言不知学问之大也干越夷
貉之子生而同声长而异俗教使之
然也诗曰嗟尔君子无恒安息靖共
尔位好是正直神之听之介尔景福

神莫大於化道福莫長於無禍爲學則自化道故神莫大焉脩身則自無禍故福莫長焉吾甞終日而思矣不如須臾之所學也吾甞跂而望矣不如登高之博見也跂舉足也登高而招臂非加長也而見者遠順風而呼聲非加疾也而聞者彰假輿馬者非利足也而致千里假舟楫者非能水也而絶江河能善絶過君子生非異也善假於物也皆以喻脩身在假於學生非異言與衆人同也南方有鳥焉名曰蒙鳩以羽爲巢而編之

神莫大于化道福莫长于无祸吾尝终
日而思矣不如须臾之所学也吾尝跂
而望矣不如登高之博见也登高而招
臂非加长也而见者远顺风而呼声非
加疾也而闻者彰假舆马者非利足也
而致千里假舟楫者非能水也而绝
江河君子生非异也善假于物也南方
有鸟焉名曰蒙鸠以羽为巢而编之

以髮繫之葦苕風至苕折卵破子死巢非不完也所繫者然也蒙鳩焦鷯也苕葦之秀也今巧婦鳥之巢至精密多繫於葦竹之上是也蒙當爲蔑方言云鷦鷯自關而西謂之桑飛或謂之蔑雀或曰一名蒙鳩亦以其愚也言人不知學問其所置身亦猶繫葦之危也說苑客謂孟嘗君曰鷦鷯巢於葦苕箸之以髮可謂完堅矣大風至則苕折卵破者何也所託者然也西方有木焉名曰射干莖長四寸生於高山之上而臨百仞之淵木莖非能長也所立者然也本草藥名有射干一名烏扇陶弘景云花白莖長如射人之執竿又引阮公詩云射干臨層城是生於高處也據本草在草部中又生南陽川谷此云西方有木未詳或曰長四寸即是草云木誤也蓋生南陽亦生西方也射音夜蓬生

以发系之苇苕风至苕折卵破子死巢非
不完也所系者然也西方有木焉名曰
射干茎长四寸生于高山之上而临百
仞之渊木茎非能长也所立者然也蓬生

麻中不扶而直蘭槐之根是爲芷其漸之滫君子不近庶人不服其質非不美也所漸者然也蘭槐香草其根是爲芷也本草白芷一名白茝陶弘景云即離騷所謂蘭茝也蓋苗名蘭茝根名芷也蘭槐當是蘭茝別名故云蘭槐之根是爲芷也漸漬也染也滫溺也言雖香草浸漬於溺中則可惡也漸子廉反滫思酒反故君子居必擇鄉遊必就士所以防邪僻而近中正也物類之起必有所始榮辱之來必象其德肉腐生蟲魚枯生蠹怠慢忘身禍災乃作強自取柱柔自取束凡物強則以爲柱而任勞柔則見束而約急皆其自取也

麻中不扶而直兰槐之根是为芷其
渐之滫君子不近庶人不服其质非
不美也所渐者然也故君子居必择
乡游必就士所以防邪僻而近中正
也物类之起必有所始荣辱之来必
象其德肉腐生虫鱼枯生蠹怠慢
忘身祸灾乃作强自取柱柔自取束

邪穢在身怨之所構（構結也言亦所自取）施薪若一火就燥也（布薪於地均若一火就燥而焚之矣）平地若一水就溼也草木疇生禽獸羣焉物各從其類也（疇與儔同類也）是故質的張而弓矢至焉林木茂而斧斤至焉（所謂召禍也質射侯的正鵠也）樹成蔭而衆鳥息焉醯酸而蜹聚焉（喻有德則慕之者衆）故言有召禍也行有招辱也君子慎其所立乎（禍福如此不可不慎所立所立即謂學也）積土成山風雨興焉積水成淵蛟龍生焉

邪秽在身怨之所构施薪若一火就燥

也平地若一水就湿也草木畴生禽兽

群焉物各从其类也是故质的张而弓

矢至焉林木茂而斧斤至焉树成荫而

众鸟息焉醯酸而蜹聚焉故言有召祸

也行有招辱也君子慎其所立乎积土

成山风雨兴焉积水成渊蛟龙生焉

積善成德而神明自得聖心備焉神明自得謂自通於神明

故不積蹞步無以至千里半步曰蹞蹞與跬同不積小流

無以成江海騏驥一躍不能十步駑馬十

駕言駑馬十度引車則亦及騏驥之一躍據下云駑馬十駕則亦及之此亦當同疑脫一句功在不舍鍥

而舍之朽木不折鍥而不舍金石可鏤言立功在

於不舍舍與捨同鍥刻也苦結反春秋傳曰陽虎借邑人之車鍥其軸蚯螾無爪牙之利

筋骨之強上食埃土下飲黃泉用心一也

螾與蚓同蟹六跪而二螯非蛇蟺之穴無可寄託

积善成德而神明自得圣心备焉故不
积蹞步无以至千里不积小流无以
成江海骐骥一跃不能十步驽马十驾
功在不舍锲而舍之朽木不折锲而
不舍金石可镂蚯螾无爪牙之利筋骨
之强上食埃土下饮黄泉用心一也
蟹六跪而二螯非蛇蟺之穴无可寄托

者用心躁也跪足也韓子以刖足爲刖跪螯蟹首上如鉞者許叔重說文云蟹六足二螯也是故無冥冥之志者無昭昭之明無惛惛之事者無赫赫之功冥冥惛惛皆專默精誠之謂也行衢道者不至事兩君者不容爾雅云四達謂之衢孫炎云衢交道四出也或曰衢道兩道也不至不能有所至下篇有揚朱哭衢涂今秦俗猶以兩爲衢古之遺言歟目不能兩視而明耳不能兩聽而聰螣蛇無足而飛爾雅云螣螣蛇郭璞云龍類能興雲霧而遊其中也梧鼠五技而窮梧鼠當爲鼫鼠蓋本誤爲鼯字傳寫又誤爲梧耳技才能也言技能雖多而不能如螣蛇專一故窮五技謂能飛不能上屋能緣不能窮木能游不能度谷能穴不能掩身能走不能先人詩曰

者用心躁也是故无冥冥之志者无
昭昭之明无惛惛之事者无赫赫之
功行衢道者不至事两君者不容目
不能两视而明耳不能两听而聪螣
蛇无足而飞梧鼠五技而穷诗曰

尸鳩在桑其子七兮淑人君子其儀一兮其儀一兮心如結兮故君子結於一也詩曹風尸鳩之篇毛云尸鳩鴶鞠也尸鳩之養七子旦從上而下暮從下而上平均如一善人君子其執義亦當如尸鳩之一執義一則用心堅固故曰心如結也昔者瓠巴鼓瑟而流魚出聽瓠巴古之善鼓瑟者不知何代人流魚中流之魚也列子云瓠巴鼓琴鳥舞魚躍伯牙鼓琴六馬仰秣伯牙古之善鼓琴者亦不知何代人六馬天子路車之馬也漢書曰乾六車坤六馬白虎通曰天子之馬六者示有事於天地四方也張衡西京賦曰天子御雕軫六駿駮又曰六玄虯之奕奕齊騰驤而沛艾仰秣仰首而秣聽其聲也故聲無小而不聞行無隱而不形形謂有形可見玉在山而草木潤

尸鸠在桑其子七兮淑人君子其仪

一兮其仪一兮心如结兮故君子结

于一也昔者瓠巴鼓瑟而流鱼出听

伯牙鼓琴六马仰秣故声无小而不

闻行无隐而不形玉在山而草木润

淵生珠而崖不枯爲善不積邪安有不聞者乎(崖岸枯燥)學惡乎始惡乎終(假設問也)曰其數則始乎誦經終乎讀禮(數術也經謂詩書禮謂典禮之屬也)其義則始乎爲士終乎爲聖人(義謂學之意言在乎脩身也)眞積力久則入(眞誠也力力行也誠積力久則能入於學也)學至乎沒而後止也(生則不可怠惰)故學數有終若其義則不可須臾舍也爲之人也舍之禽獸也故書者政事之紀也(書所以紀政事此說六經之意)詩者中聲之所止也(詩謂樂章所以節聲音至乎中而止不使

渊生珠而崖不枯为善不积邪安有不闻者乎学恶乎始恶乎终曰其数则始乎诵经终乎读礼其义则始乎为士终乎为圣人真积力久则入学至乎没而后止也故学数有终若其义则不可须臾舍也为之人也舍之禽兽也故书者政事之纪也诗者中声之所止也

（流淫也春秋傳曰中聲以降五降之後不容彈矣）禮者法之大分羣類之綱紀也（禮所以爲典法之大分統類之綱紀類謂禮法所無觸類而長者猶律條之比附方言云齊謂法爲類也）故學至乎禮而止矣夫是之謂道德之極禮之敬文也（禮有周旋揖讓之敬車服等級之文也）樂之中和也（中和謂使人得中和悅也）詩書之博也（博謂廣記土風鳥獸草木及政事也）春秋之微也（微謂褒貶沮勸微而顯志而晦之類也）在天地之間者畢矣

君子之學也入乎耳箸乎心布乎四體形乎動靜（所謂古之學者爲已入乎耳箸乎心謂聞則志而不忘也布乎四體謂有威儀潤身也形乎動靜謂知所措履也）端

礼者法之大分群类之纲纪也故
学至乎礼而止矣夫是之谓道德
之极礼之敬文也乐之中和也诗
书之博也春秋之微也在天地之
间者毕矣君子之学也入乎耳
箸乎心布乎四体形乎动静端

而言蝡而動一可以爲法則端讀爲喘喘微言也蝡微動也一皆也或喘息微言或蝡蠢微動皆可以爲法則蝡人允反或曰端而言謂端莊而言也小人之學也入乎耳出乎口所謂今之學者爲人道聽涂說也口耳之間則四寸曷足以美七尺之軀哉韓侍郎云則當爲財與纔同古之學者爲己今之學者爲人君子之學也以美其身小人之學也以爲禽犢禽犢饋獻之物也故不問而告謂之傲傲喧噪也言與戲傲無異或曰讀爲嗷聲曰嗷嗷然也嗷與敖通問一而告二謂之囋囋即讚字也謂以言強讚助之令贊禮謂之贊

而言蠕而动一可以为法则小人之
学也入乎耳出乎口口耳之间则四
寸曷足以美七尺之躯哉古之学者
为己今之学者为人君子之学也以
美其身小人之学也以为禽犊故不
问而告谓之傲问一而告二谓之囋

（唱古字口與言多通）傲囋非也君子如嚮矣（如嚮應聲）學莫便乎近其人（謂賢師也）禮樂法而不說（有大法而不曲說也）詩書故而不切（詩書但論先王故事而不委曲切近於人故曰學詩三百使於四方不能專對也）春秋約而不速（文義隱約褒貶難明不能使人速曉其意也）方其人之習君子之說則尊以徧矣周於世矣（當其人習說之時則尊高而徧周於世事矣六經則不能然矣）故曰學莫便乎近其人

學之經莫速乎好其人隆禮次之（學之大經無速於好近賢人若無其人則隆禮爲次之）上不能好其人下不能隆禮安特

傲嚽非也君子如响矣学莫便乎近其
人礼乐法而不说诗书故而不切春秋
约而不速方其人之习君子之说则尊
以遍矣周于世矣故曰学莫便乎近
其人学之经莫速乎好其人隆礼次
之上不能好其人下不能隆礼安特

將學雜識志順詩書而已爾則末世窮年不免爲陋儒而已安語助猶言抑也或作安或作按荀子多用此字禮記三年問作焉戰國策謂趙王曰秦與韓爲上交秦禍案移於梁矣秦與梁爲上交秦禍案攘於趙矣呂氏春秋吳起謂商文曰今置質爲臣其主安重釋璽辭官其主安輕蓋當時人通以安爲語助或方言耳特猶言直也雜識志謂雜志記之書百家之說也言既不能好其人又不能隆禮直學雜說順時書而已豈免爲陋儒乎言不知通變也將原先王本仁義則禮正其經緯蹊徑也所成所出皆在於禮也若挈裘領詘五指而頓之順者不可勝數也言禮亦爲人之綱領挈舉也詘與屈同頓挈也順者不可勝數言禮皆順矣不道禮憲以詩書爲之道言說也憲標表也譬之猶

将学杂识志顺诗书而已耳则末世

穷年不免为陋儒而已将原先王

本仁义则礼正其经纬蹊径也若

挈裘领诎五指而顿之顺者不可胜

数也不道礼宪以诗书为之譬之犹

以指測河也以戈舂黍也以錐飡壺也不可以得之矣故隆禮雖未明法士也不隆禮雖察辯散儒也散謂不自檢束莊子以不才木爲散木也問楛者勿告也楛與苦同惡也問楛謂所問非禮義也凡器物堅好者謂之功濫惡者謂之楛國語曰辨其功苦韋昭曰堅曰功脆曰苦故西京賦曰鬻良雜苦史記曰器不苦窳或曰楛讀爲沽儀禮有沽功鄭云沽麤也告楛者勿問也說楛者勿聽也有爭氣者勿與辨也故必由其道至然後接之非其道則避之道不至則不接故禮恭而後可與言道之方

以指测河也以戈舂黍也以锥餐
壶也不可以得之矣故隆礼虽未
明法士也不隆礼虽察辩散儒也
问楛者勿告也告楛者勿问也说楛
者勿听也有争气者勿与辨也故
必由其道至然后接之非其道则
避之故礼恭而后可与言道之方

辭順而後可與言道之理色從而後可與言道之致致極也此謂道至而後接之也故未可與言而言謂之傲傲亦戲傲也論語曰言未及而言謂之躁可與言而不言謂之隱不觀氣色而言謂之瞽故君子不傲不隱不瞽謹慎其身瞽者不識人之顏色詩曰匪交匪舒天子所予此之謂也詩小雅采菽之篇匪交當爲彼交言彼與人交接不敢舒緩故受天子之賜予也

百發失一不足謂善射千里蹞步不至不足謂善御未能全盡倫類不通仁義不一不足謂

辞顺而后可与言道之理色从而后可
与言道之致故未可与言而言谓之傲
可与言而不言谓之隐不观气色而言
谓之瞽故君子不傲不隐不瞽谨慎其
身诗曰匪交匪舒天子所予此之谓也
百发失一不足谓善射千里蹞步不至
不足谓善御伦类不通仁义不一不足谓

善學通倫類謂雖禮法所未該以其等倫比類而通之謂一以貫之觸類而長也一仁義謂造次不離他術不能亂也學也者固學一之也一出焉一入焉涂巷之人也或善或否其善者少不善者多桀紂盜跖也盜跖柳下季之弟聚徒九千人於太山之傍侵諸侯孔子說之而不入者也全之盡之然後學者也學然後全盡君子知夫不全不粹之不足以爲美也故誦數以貫之使習禮樂詩書之數以貫穿之思索以通之思求其意也爲其人以處之爲擇賢人與之處也除其害者以持養之使目非是無欲見也使耳

善学学也者固学一之也一出焉一
入焉涂巷之人也其善者少不善
者多桀纣盗跖也全之尽之然后
学者也君子知夫不全不粹之不足
以为美也故诵数以贯之思索以
通之为其人以处之除其害者以
持养之使目非是无欲见也使耳

非是無欲聞也使口非是無欲言也使心非是無欲慮也是猶此也謂學也或曰是謂正道也及至其致好之也目好之五色耳好之五聲口好之五味心利之有天下致極也謂不學極恣其性欲不可禁也心利之有天下之富也或曰學成之後必受榮貴故能盡其欲也是故權利不能傾也羣衆不能移也天下不能蕩也蕩動也覆說爲學則物不能傾移矣生乎由是死乎由是夫是之謂德操死生必由於學是乃德之操行德操然後能定能定然後能應我能定故能應物也能定能應

非是无欲闻也使口非是无欲言也使
心非是无欲虑也及至其致好之也目
好之五色耳好之五声口好之五味心
利之有天下是故权利不能倾也群众
不能移也天下不能荡也生乎由是死
乎由是夫是之谓德操德操然后能定
能定然后能应能定能应夫是之谓成
人天见其明地见其光君子贵其全也

夫是之謂成人（内自定而外應物乃爲成就之人也）天見其明地見其光君子貴其全也（見顯也明謂日月光謂水火金玉天顯其日月之明地顯其水火金玉之光君子則貴其德之全也）

归去来兮辞（并序）

陶渊明

陶渊明（365—427），一名潜，字元亮，浔阳柴桑（今江西九江）人。曾为彭泽县令，因不愿为五斗米折腰，四十一岁后一直过隐居田园的生活。有《陶渊明集》传世。

一如其诗的“豪华落尽见真淳”（元好问《论诗三十首》），陶文也以“平和”与“自然”，而在崇尚玄谈与骈俪的晋末文坛独标一帜。如《与子俨等疏》之“见树木交荫，时鸟变声，亦复欢然有喜”云云。如此平静地叙述，确无嵇、阮的“师心”与“使气”；可细细读来，又似乎“此中有真意，欲辨已忘言”。这种基于生命的独特体验以及真正悟道之后的“平静”，使得其“平常心”与“天然语”，反而显得有点“深不可测”“妙不可言”。至于因文体差异，陶氏也会有激愤或热烈之语（如《感士不遇赋》与《闲情赋》）；但其文章的最大特色，仍是思想通达、性情恬淡、语调平和，以及不时在自嘲中流露出来的幽默感。

余家贫，耕植不足以自给。幼稚盈室，瓶无储粟[1]，生生所资[2]，未见其术。亲故多劝余为长吏[3]，脱然有怀[4]，求之靡途[5]。会有四方之事[6]，诸侯以惠爱为德，家叔以余贫苦[7]，遂见用于小邑。于时风波未静，心惮远役。彭泽去家百里[8]，公田之利，足以为酒，故便求之。及少日[9]，眷然有归欤之情[10]。何则？质性自然[11]，非矫厉所得[12]。饥冻虽切，违己交病[13]。尝从人事[14]，皆口腹自役。于是怅然慷慨[15]，深愧平生之志。犹望一稔[16]，当敛裳宵逝[17]。寻程氏妹丧于武昌[18]，情在骏奔，自免去职。仲秋至冬[19]，在官八十余日。因事顺心，命篇曰《归去来兮》。乙巳岁十一月也[20]。

注释

[1] 瓶：小口大腹的陶制容器。
[2] 生生：维持生活。前一“生”字为动词，后一“生”字为名词。资：凭依。
[3] 长（zhǎng）吏：职位较高的县吏。
[4] 脱然：释然。怀：想望。
[5] 靡：无。
[6] 会：适逢。四方之事：指各地方势力的混战。
[7] 家叔：指陶夔（kuí），时任太常卿。以：因为。
[8] 彭泽：县治在今江西九江市湖口县东南。
[9] 少日：几天。
[10] 眷然：眷念的样子。
[11] 质性：本性。
[12] 矫厉：造作勉强。
[13] 交：皆，这里指身体与精神。
[14] 人事：仕途。

[15] 怅然：失意的样子。慷慨：不得志。
[16] 稔（rěn）：谷物成熟。
[17] 敛裳：收拾行装。宵逝：连夜离去。
[18] 寻：不久。程氏妹：嫁给程姓的妹妹，于晋安帝义熙元年（405）去世。陶渊明撰有《祭程氏妹文》。武昌：今湖北鄂州市。
[19] 仲秋：农历八月。
[20] 乙巳岁：即义熙元年。

归去来兮[21]，田园将芜胡不归[22]？既自以心为形役，奚惆怅而独悲[23]？悟已往之不谏，知来者之可追[24]。实迷途其未远，觉今是而昨非。舟遥遥以轻飏[25]，风飘飘而吹衣。问征夫以前路[26]，恨晨光之熹微[27]。

注释

[21] 来：语助词。
[22] 胡：为何。
[23] 奚：为何。
[24]“悟已往”二句：语出《论语·微子》“往者不可谏，来者犹可追”。谏：改正。
[25] 遥遥：通“摇摇”。轻飏（yáng）：轻快地飘荡。
[26] 征夫：行人。前路：前面的路程。
[27] 熹微：光线微弱的样子。

乃瞻衡宇[28]，载欣载奔[29]。僮仆欢迎，稚子候门。三径就荒[30]，松菊犹存。携幼入室，有酒盈樽。引壶觞以自酌[31]，眄庭柯以怡颜[32]。倚南窗以寄傲，审容膝之易安[33]。园日涉以成趣，门虽设而常关。策扶老以流憩[34]，时矫首而遐观[35]。云无心以出岫[36]，鸟倦飞而知还。景翳翳以将入[37]，抚孤松而盘桓。

注释

[28] 衡宇：横木为门的房屋，即陋室。
[29] 载：助词，有“乃”“且”之意。
[30] 三径：东汉人赵岐《三辅决录》卷一记载：“蒋诩归乡里，荆棘塞门。舍中有三径，不出，惟求仲、羊仲从之游。”后即以“三径”喻指隐士居处。
[31] 觞（shāng）：酒杯。
[32] 眄（miàn）：看。柯：树枝。
[33] 审：知道。容膝：仅能容膝，形容地方狭小。此句出自《韩诗外传》卷九：“今如结驷列骑，所安不过容膝；食方丈于前，所甘不过一肉。”
[34] 策：手持。扶老：手杖。流：漫步。
[35] 矫首：昂首。
[36] 岫（xiù）：山峰。
[37] 景：日光。翳翳（yì）：昏暗的样子。

归去来兮，请息交以绝游。世与我而相遗[38]，复驾言兮焉求[39]？悦亲戚之情话，乐琴书以消忧。农人告余以春及，将有事于西畴[40]。或命巾车[41]，或棹孤舟。既窈窕以寻壑[42]，亦崎岖而经丘。木欣欣以向荣，泉涓涓而始流。善万物之得时[43]，感吾生之行休。

注释

[38] 遗：遗弃。通行本作“违”。
[39] 言，虚词，相当于“而”。
[40] 畴：田。

[41] 巾车：有帷幕的车。
[42] 窈（yǎo）窕（tiǎo）：山水幽深的样子。
[43] 善：歆羡。

已矣乎！寓形宇内能复几时[44]？曷不委心任去留[45]，胡为乎遑遑兮欲何之？富贵非吾愿，帝乡不可期[46]。怀良辰以孤往，或植杖而耘耔[47]。登东皋以舒啸[48]，临清流而赋诗。聊乘化以归尽[49]，乐夫天命复奚疑！

注释

[44] 寓：寄寓。形：肉体。
[45] 曷：何。
[46] 帝乡：仙境。
[47] 植杖：扶着手杖。耘：除草。耔（zǐ）：培土。
[48] 皋（gāo）：水边高地。啸：撮口发声。
[49] 乘化：顺应自然的运转变化。

纸书卷轴装

用纸来制作书籍，东汉已发其端。纸具有缣帛的轻软，但较之缣帛更易成型。所以纸书出现以后，它的装帧形式便因袭帛书卷子装，慢慢发展成普遍流行的纸书卷轴装。纸张有一定的弹性，卷久了会形成自动回卷的惯性。这是卷轴装书籍固有的现象，也是这种装帧形式的弊病之一。

如果一本书内容很多，一张纸容纳不下，便要用多张纸写完，然后按顺序粘接成一幅长条，再将这幅长条卷起。为了保护纸卷不折皱或损坏，要在长条纸书最后一张纸的末尾粘上一根圆木棒，然后以木棒为轴心从左向右，或者说是从尾向首搓卷，所以称作卷轴。轴的长度比纸的高度略长，纸书卷好后上下两端都有轴头露出，这样有利于书籍的保护。

为了保证书籍内容不受污损，卷轴装在正文第一张纸的前边还要粘接一张空白纸，讲究的则粘接绫、绢等丝织品。粘接的这张空白纸或绫、绢叫作“褾”，也叫作“包头”、“包首”或“玉池”。褾的右端接有不同质料、不同颜色的带。带的右端接有不同质料、不同颜色的别子，叫作“签”。卷子卷好，褾在最外层，用带绕捆，再以签别住。

余家貧耕植不足以自給幼稚盈室（一作兼稺子盈室）缾無儲粟生生所資未見其術親故多勸余爲長吏脫然有懷求之靡途會有四方之事諸侯以惠愛爲德家叔以余貧苦遂見用爲小邑于時風波未靜心憚遠役彭澤去家百里公田之利（一作秫）足以爲酒（一作過足爲潤）故便求之及少日眷然有歸歟之情何則質性自然非矯勵所得飢凍雖切違已交病嘗（一作曾）從人事皆口腹自役於是悵然慷慨深愧平生之志猶望一稔當斂

余家贫耕植不足以自给幼稚盈室瓶无储粟生生所资
未见其术亲故多劝余为长吏脱然有怀求之靡途会
有四方之事诸侯以惠爱为德家叔以余贫苦遂见用于
小邑于时风波未静心惮远役彭泽去家百里公田之利
足以为酒故便求之及少日眷然有归欤之情何则质
性自然非矫厉所得饥冻虽切违己交病尝从人事皆
口腹自役于是怅然慷慨深愧平生之志犹望一稔当敛

裳宵逝尋程氏妹喪于武昌情在駿奔自
免去職仲秋至冬在官八十餘日因事順
心命篇曰歸去來兮乙巳歲十一月也
歸去來兮田園將蕪胡不歸既自以心一作
身爲形役奚惆悵而獨悲悟已往之不諫
知來者之可追寔迷途其未遠覺今是而
昨非舟遥遥以輕颺風飄飄而吹衣問征
夫以前路恨晨光之憙一作晞微乃瞻衡宇
載欣載奔僮僕歡迎稚子候門三逕就荒
松菊猶存攜幼入室有酒盈罇引壺觴以

裳宵逝寻程氏妹丧于武昌情在骏奔自免去职仲秋至
冬在官八十余日因事顺心命篇曰归去来兮乙巳岁十
一月也
归去来兮田园将芜胡不归既自以心为形役奚惆怅而
独悲悟已往之不谏知来者之可追实迷途其未远觉
今是而昨非舟遥遥以轻飏风飘飘而吹衣问征夫以前
路恨晨光之熹微乃瞻衡宇载欣载奔僮仆欢迎稚子候
门三径就荒松菊犹存携幼入室有酒盈樽引壶觞以

自酌（一作適）眄庭柯以怡顏倚南牕以寄傲
審容膝之易安園日涉以成趣（一作逕）門雖
設而常關策扶老以流憩時矯首而遐觀
雲無心以出岫鳥倦飛而知還景翳翳以
將入撫孤松而盤桓歸去來兮請息交以
絕游世與我而相遺復駕言兮焉求悅親
戚之情話樂琴書以消憂農人告余以春
及（一無及字一作暮春又作仲春）將有事於西疇或命巾
車或棹孤舟既窈窕以尋壑亦崎嶇而經
（一作尋）丘木欣欣以向榮泉涓涓而始流善

自酌眄庭柯以怡颜倚南窗以寄傲审容膝之易安园
日涉以成趣门虽设而常关策扶老以流憩时矫首而
遐观云无心以出岫鸟倦飞而知还景翳翳以将入抚孤
松而盘桓归去来兮请息交以绝游世与我而相遗复
驾言兮焉求悦亲戚之情话乐琴书以消忧农人告余
以春及将有事于西畴或命巾车或棹孤舟既窈窕以
寻壑亦崎岖而经丘木欣欣以向荣泉涓涓而始流善

萬物之得時感吾生之行休已矣乎寓形宇内能（一無能字）復幾時曷不委心任去留胡為乎遑遑兮（一無兮字）欲何之富貴非吾願帝鄉不可期懷良辰以孤往或植杖而耘耔登東皋以舒嘯臨清流而賦詩聊乘化以歸盡樂夫天命復奚疑（一作爲）

陶淵明集卷第五

万物之得时感吾生之行休已矣乎寓形宇内能复几时

曷不委心任去留胡为乎遑遑兮欲何之富贵非吾愿帝

乡不可期怀良辰以孤往或植杖而耘耔登东皋以舒啸

临清流而赋诗聊乘化以归尽乐夫天命复奚疑

师说

韩愈

韩愈（768—824），字退之，河阳（今属河南）人，郡望昌黎。有《昌黎先生集》传世。韩愈一生，积极求官，努力为文，“兼济天下”方面成就有限，真正使其流芳千古的，是“文起八代之衰”。

与此前提倡古文诸君相同，韩愈也把复兴古道放在第一位。“愈之所志于古者，不惟其辞之好，好其道焉尔”（韩愈《答李师锡秀才书》）；“思古人而不得见，学古道则欲兼通其辞”（韩愈《题哀辞后》）。将“古道”与“古文”绑在一起，而且强调先“道”后“文”，这是古文家的共同策略。不管是否出于真心，古代中国的读书人，都将兼济天下放在闭门著述之上。对于热心仕途经济的韩愈来说，著书立说乃不得已而求其次："未得其位，则思修其辞，以明其道。"（韩愈《谏臣论》）柳宗元在《寄许京兆孟容书》中，也有类似的说法。穷愁方才真正理解世态人情，方才可能一意著书，如此说来，正是仕途之不得意，成就了韩柳等古文家。

就像韩愈《杂说》所感慨的，"千里马常有，而伯乐不常有"，"不平则鸣"乃中国文学史上永恒的话题。一来，自我感觉过于良好，乃中国读书人的通病，咏叹"士不遇"者，不一定真的"怀才"；二来，"欢愉之辞难工，而穷苦之言易好也"（韩愈《荆潭裴均杨凭唱和诗序》），在文章中大鸣其"不平"者，也未必真的"不遇"。但韩柳诸君之"穷苦"与"不平"，却是实实在在的。这种抑郁不平之气，与其"明道"愿望结合在一起，使得文章理直气壮，义正辞严。韩愈的《原道》《原毁》《师说》《进学解》等，除了宣扬仁义发抒忧愤，更动人心魄的，是其文之语言雄辩、气势磅礴。而这一切，很大程度得益于继承"道统"的自我承诺，以及随之而来的神圣感与崇高感。其他古文家之"明道"，或许不像韩愈那么虔诚与狂热，但借助文章以获得并阐扬"圣人之道"这一共同思路，实际上大大提高了古文的地位，也增长了其钻研古文的热情。

"文"与"道"必须互相依赖，而且可以互相发明，这种说法与"文道合一"明显有异。此前提倡古文者，大都趋向于否定文章之独立性；韩柳之文章复古，却颇有由文及道的意味。在这个意义上，朱熹批评韩愈“只是要作好文章，令人称赏而已”“全无要学古人底意思”（朱熹《沧州精舍谕学者》，《晦庵集》卷七四），虽然刻薄了些，却不无道理。比起宋代的道学家来，韩愈之阐扬儒学，似乎有点“动机不纯”——面对“圣人之道”与“文章之美”，韩之态度有点暧昧，时有徘徊不决的表现。这正是作为文学家的韩愈的可爱之处，其审美判断不时突破卫道热情，这才有了许多与“圣人之道”无缘然而又十分精美的古文。

宋人秦观撰《韩愈论》，将古今文章分为五类，其中的“成体之文”乃集文体之大成，代表人物即为韩愈：

> 钩列、庄之微，挟苏、张之辩，摭班、马之实，猎屈、宋之英，本之以《诗》《书》，折之以孔氏，此成体之文，韩愈之所作是也。

比起同时代其他作家来，韩愈确实更热衷于“含英咀华”，以实现其“闳其中而肆其外”的艺术追求。《进学解》《答李翊书》《答刘正夫书》等，在在显示韩愈对文章技巧的重视。如此“有意为文”，与先秦诸子“入道见志之书”不同；其广采博收并尝试各种文体，与“立一家之言”的同时“立一家之文”的诸子也迥异。

尽管《原道》一类文章，立意警辟，超拔流俗，很容易让人联想到孟子、荀子；但毕竟是以集之文，发子之理。章学诚《文史通义·文集》称：“周秦诸子之学”，“专门传家之业，未尝欲以为名”；“两汉文章渐富，为著作之始衰”。但两汉以至魏晋，重诸子而薄文章仍是时尚，仍有不少文人学士致力于草创“立一家之言”的子书。唐人之批评六朝靡丽者，心中的榜样仍是诸子之文。但子书与文集的分离，乃不可挽回的大趋势。其学本无专门传授，强欲著子书以图不朽，还不如正心诚意，以奇伟之文传世来得名正言顺。韩愈建立道统，追慕古学，但不曾强著子书，而是以笔代文，以集为子，既纠正了六朝之过分浮靡，又避免了刻意复古反失古人立言本意之弊。

唐人好奇，落实在文章中，便是韩愈所表述的“惟陈言之务去”“不袭蹈前人一言一句”（韩愈《答李翊书》《南阳樊绍述墓志铭》）。黄宗羲《论文管见》对此的解释是：“所谓‘陈言’者，每一题必有庸人思路共集之处缠绕笔端，剥去一层，方有至理可言。”这比只在字句之间打转者高明，可并不等于韩愈吐辞造语之精工不值得重视。实际上韩柳为文之奇崛、简古，首先便体现在此等腾挪无迹之巧思妙喻，以及抉发奥僻之古语，自铸精粹之新辞。这正是韩柳文章雄深雅健、猖狂恣肆的外在特征。韩柳文章之穷极变化，不循轨辙，更重要的是立意之新颖。像《原道》《封建论》那样的文章，需学有根基、思有所得，非常人所能摹拟；但一般碑传、赠序、书札乃至文赋等的出奇制胜，仍令人惊叹韩柳之才气横溢且用心缜密。有一点容易被忽视，那就是韩柳之“尚奇”，应该包括其热衷于新文体的尝试。最典型的例子是韩愈之撰《毛颖传》，时人多不以为然，柳宗元则“甚奇其书”，并出而为其辩解，称“俳又非圣人之所弃者”，此乃“息焉游焉而有所纵敛”（参阅柳宗元《答杨诲之书》及《读韩愈所著〈毛颖传〉后题》）。这种同气相应，恰好表现了韩柳二君对穿越文体边界的共同兴趣。

只读《答李翊书》与《答韦中立论师道书》，或许以为韩柳真的“非三代两汉之书不敢观”；可翻阅文集，这一印象很难不改变。若《进学解》《乞巧文》等，虽有俳谐的意味，毕竟“古已有之”；至于韩之《毛颖传》《圬者王承福传》《石鼎联句诗序》，以及柳之《种树郭橐驼传》《宋清传》《河间传》等，无不透出时下流行文体“传奇”的影子。陈寅恪称唐代传奇与古文运动有密切关系，韩愈古文“乃用先秦两汉之文体，改作唐代当时民间流行之小说，欲藉之一扫腐化僵化不适应于人生之骈体文”（参阅陈寅恪《元白诗笺证稿》第 4 页，上海古籍出版社，1978 年；《金明馆丛稿初编》第 294 页，上海古籍出版社，1980年），确有见地。只是“传奇”对于古文的影响，不宜过分夸大，我同意韩愈自己的辩解：此等“驳杂无实之说”，“此吾所以为戏耳”（参阅韩愈《重答张籍书》《答张籍书》）。天性“尚奇”的韩愈，其实不太在乎文之古今与雅俗。

作为文学旗帜，韩愈只提三代两汉文章；可作为个人阅读趣味，韩、柳都不只对叙述婉转、想象奇特的传奇感兴趣，而且对辞藻华丽的六朝骈偶也颇有好感。提倡古文而不避骈俪，体虽散，时有排偶以振其气，此乃韩柳为文的诀窍。方苞讥讽柳宗元“杂出周、秦、汉、魏、六朝诸文家”（方苞《书柳文后》），其实正说到柳氏“读百家书，上下驰骋”因而思想文章闳放通达的好处；相比之下，刘熙载称“韩文起八代之衰，实集八代之成”（刘熙载《艺概·文概》），更得要领——这里的“韩文”，不妨释读为“韩柳文”。

古之学者必有师。师者，所以传道受业解惑也[1]。人非生而知之者，孰能无惑？惑而不从师，其为惑也终不解矣。生乎吾前，其闻道也固先乎吾，吾从而师之；生乎吾后，其闻道也亦先乎吾，吾从而师之。吾师道也，夫庸知其年之先后生于吾乎[2]？是故无贵无贱，无长无少，道之所存，师之所存也。

注释

[1] 受：同“授”，教授。业：学业。
[2] 庸：岂。

嗟乎！师道之不传也久矣！欲人之无惑也难矣！古之圣人，其出人也远矣[3]，犹且从师而问焉；今之众人，其下圣人也亦远矣，而耻学于师。是故圣益圣，愚益愚。圣人之所以为圣，愚人之所以为愚，其皆出于此乎？爱其子，择师而教之；于其身也[4]，则耻师焉，惑矣。彼童子之师，授之书而习其句读者[5]，非吾所谓传其道解其惑者也。句读之不知，惑之不解，或师焉，或不焉[6]，小学而大遗[7]，吾未见其明也。巫医乐师百工之人[8]，不耻相师。士大夫之族，曰师曰弟子云者，则群聚而笑之。问之，则曰：“彼与彼年相若也[9]，道相似也。位卑则足羞，官盛则近谀。”呜呼！师道之不复可知矣！巫医乐师百工之人，君子不齿，今其智乃反不能及，其怪也欤[10]！

注释

[3] 出人：超出常人。
[4] 身：自身。
[5] 句读（dòu）：指断句。古代诵读时，文辞语意尽处为句，未尽而停顿处为读。
[6] 不（fǒu）：同“否”。
[7] 小：指“句读之不知”。大：指“惑之不解”。遗：丢失。
[8] 百工：各种手工业者。
[9] 相若：相近。
[10] 此句通行本“怪”作“可怪”。

圣人无常师[11]。孔子师郯子、苌弘、师襄、老聃[12]。郯子之徒，其贤不及孔子。孔子曰：三人行，则必有我师[13]。是故弟子不必不如师，师不必贤于弟子。闻道有先后，术业有专攻，如是而已。

注释

[11] 常：固定的。此句语出《论语·子张》：“夫子焉不学，而亦何常师之有？”
[12] 郯（tán）子：春秋时郯国国君。据说孔子曾向他请教官制（《左传·昭公十七年》）。苌（cháng）弘：东周敬王时大夫。据说孔子曾向他请教周乐（《孔子家语·观周》）。师襄：春秋时鲁国乐官，擅长弹琴。据说孔子曾向他学琴（《韩诗外传》卷五）。老聃（dān）：即老子，春秋时楚国人，开创了道家学派。据说孔子曾向他请教周礼（《史记·老子韩非列传》）。
[13] 三人行，则必有我师：语出《论语·述而》。

李氏子蟠[14]，年十七，好古文，六艺经传皆通习之[15]，不拘于时，学于余。余嘉其能行古道，作《师说》以贻之。

注释

[14] 李氏子蟠（pán）：李蟠，唐德宗贞元十九年（803）进士。

[15] 六艺：即《诗》《书》《礼》《乐》《易》《春秋》六经。传：解说注释。

有此說耳

古之學者必有師師者所以傳道受業解惑也人非生而知之者孰能無惑惑而不從師其爲惑也終不解矣生乎吾前其聞道也固先乎吾吾從而師之閣本無此五字非是生乎吾後其聞道也亦先乎吾吾從而師之吾師道也夫庸知其年之先後生於吾乎庸或从閣杭作豈或幷有二字而無夫字皆非是是故無貴無賤無長無少道之所存師之所存也存一作資或無也字嗟乎嗟上或有咨字非是師

古之学者必有师师者所以传道受业解惑
也人非生而知之者孰能无惑惑而不从师
其为惑也终不解矣生乎吾前其闻道也
固先乎吾吾从而师之生乎吾后其闻道
也亦先乎吾吾从而师之吾师道也夫庸
知其年之先后生于吾乎是故无贵无贱
无长无少道之所存师之所存也嗟乎师

道之不傳也久矣欲人之無惑也難矣古之聖人其出人也遠矣猶且從師而問焉今之衆人其下聖人也亦遠矣而恥學於師且或作巳下或作去皆非是是故聖益聖愚益愚聖人之所以爲聖愚人之所以爲愚其皆出於此乎一作矣愛其子擇師而教之於其身也則恥師焉惑矣彼童子之師授之書而習其句讀者非吾所謂傳其道解其惑者也非上或有也字方云讀音豆周禮天官注徐邈讀馬融笛賦作句投徒鬬切何休公羊序失其句讀不音山谷和黃冕仲詩只

道之不传也久矣欲人之无惑也难矣古之圣
人其出人也远矣犹且从师而问焉今之众人
其下圣人也亦远矣而耻学于师是故圣益
圣愚益愚圣人之所以为圣愚人之所以为
愚其皆出于此乎爱其子择师而教之于其
身也则耻师焉惑矣彼童子之师授之书而
习其句读者非吾所谓传其道解其惑者也

（从如字）句讀之不知惑之不解或師焉或不焉小學而大遺吾未見其明也巫醫樂師百工之人不恥相師士大夫之族曰師曰弟子云者則羣聚而笑之問之則曰彼與彼年相若也道相似也（似一作類）位卑則足羞官盛則近諛（盛或作大按官盛語見中庸）嗚呼師道之不復可知矣巫醫樂師百工之人君子不齒（或作鄙之）今其智乃反不能及其怪也歟（其可或無其字）聖人無常師孔子師郯子萇弘師襄老聃（句絕）郯子之徒其賢

句读之不知惑之不解或师焉或不焉小学而
大遗吾未见其明也巫医乐师百工之人不
耻相师士大夫之族曰师曰弟子云者则群
聚而笑之问之则曰彼与彼年相若也道相
似也位卑则足羞官盛则近谀呜呼师道之
不复可知矣巫医乐师百工之人君子不齿
今其智乃反不能及其怪也欤圣人无常师
孔子师郯子苌弘师襄老聃郯子之徒其贤

不及孔子孔子至周問禮於老聃訪樂於萇弘史記曰孔子學鼓琴於師襄子左氏傳曰郯子來朝孔子問少昊氏以鳥名官之故○萇音長郯音談國名也方無孔子師郯子五字而以萇弘師襄老聃六字連下句郯子之徒爲句曰校本一云郯子下當有數子二字其上當存孔子師三字爲是○今按孔子見郯子在適周見萇弘老聃之前而聖人無常師本杜氏注問官名語故此上句既叙孔子所師四人而再舉郯子之徒則三子在其中矣方氏知當存孔子師字而不知當并存上郯子二字乃以下郯子二字屬上句讀之而疑郯子之下更有數子二字誤矣孔子曰三人行則必有我師子下有曰字方从杭本云論語本無則字曰字似不當有是故弟子不必不如師師不必賢於弟子故上或無是字聞

不及孔子孔子曰三人行则必有我师是故弟
子不必不如师师不必贤于弟子闻道有先后
术业有专攻如是而已李氏子蟠年十七好古
文六艺经传皆通习之不拘于时学于余余嘉
其能行古道作师说以贻之

道有先後術業有專攻如是而已李氏子蟠年十七（蟠貞元十九年進士）好古文六藝經傳皆通習之不拘於時學於余（學上或有請字無下余字）余嘉其能行古道作師說以貽之

经折装

唐代经折装《入楞伽经疏》

顾名思义，经折装应该是从折叠佛教经卷而得名。

至于唐代，最盛行的书籍装帧形式仍是卷轴装。但在唐代，佛教在中国的发展也达到了鼎盛时期。佛教弟子诵经，要打禅入定，正襟危坐，以示恭敬与虔诚，但任何一种卷轴卷久了，都会产生卷舒的困难，卷轴装的不方便可想而知。因此，一场对流行许久的卷轴装的改造，便首先在佛教经卷中发生了。

将本是长卷的佛经，从头至尾地依一定行数或一定宽度连续左右折叠，最后成为长方形的一叠，再在前后各粘贴一张厚纸封皮，一种新型的装帧形式就诞生了，这就是所谓的经折装。

三戒（并序）

柳宗元

柳宗元（773—819），字子厚，河东解县（今属山西）人，世称柳河东。唐顺宗时为礼部员外郎，曾参与王叔文集团的政治改革活动，失败后一贬再贬，四十七岁时病死于柳州任上。有《河东先生集》传世。

古文运动之成功，与韩、柳的崛起大有关系。二君并称，被誉为唐文典范，却不属同一个文人集团。以“永贞革新”为例，韩愈同柳宗元所从属的二王八司马矛盾重重，甚至可以说是命若参商。“革新”很快就失败了，此后韩柳官运不同，不再有直接的利害冲突。但就政治立场及为人处世而言，韩柳的差异仍相当明显。正如宋人王应麟《困学纪闻》所说的：“韩柳并称而道不同。韩作《师说》，而柳不肯为师；韩辟佛，而柳谓佛与圣人合；韩谓史有人祸天刑，而柳谓刑祸非所恐。”另外，韩主保守，柳求改革；韩热心仕进，不免有些“戚戚于贫贱”，且有言不顾行进退失据处；柳则更像失败的英雄，少有乞怜请罪转变立场的权宜之计，讲究为人与作文的统一。

至于韩擅长碑传与赠序，柳则以寓言、游记最见精神，与各自的学识与才情相关，不必强分轩轾。后世之抑扬韩柳，所争多在儒学之纯正与否。宋人讲道学，韩之立场坚定自然大受赞赏；晚清以来主怀疑，柳之“是非多谬于圣人”因而转败为胜。

柳宗元《与杨京兆凭书》有曰：“宗元自小学为文章，中间幸联得甲乙科第，至尚书郎，专百官奏章，然未能究知为文之道。自贬官来无事，读百家书，上下驰骋，乃少得知文章利病。”此非自谦之词，韩愈为柳宗元撰墓志铭，甚至称“然子厚斥不久，穷不极，虽有出于人，其文学辞章，必不能自以力传于后，如今无疑也”。并非都如子厚仕途之坎坷，但韩柳及其友人之“怀才不遇”，确是其创作古文的基本动力。

吾恒恶世之人不知推己之本[1]，而乘物以逞[2]，或依势以干非其类[3]，出技以怒强[4]，窃时以肆暴[5]，然卒迨于祸[6]。有客谈麋、驴、鼠三物，似其事，作《三戒》。

注释

[1] 推：推究。本：实际能力。
[2] 乘（chéng）物：依仗外物外力。
[3] 干（gān）：干犯。此句意指《临江之麋》。
[4] 怒：激怒。此句意指《黔之驴》。
[5] 窃时：趁机。肆暴：放肆地做坏事。此句意指《永某氏之鼠》。
[6] 卒：最终。迨（dài）：遇到。

临江之麋

临江之人畋得麋麑[7]，畜之。入门，群犬垂涎，扬尾皆来。其人怒，怛之[8]。自是日抱就犬，习示之[9]，使勿动，稍使与之戏[10]。积久，犬皆如人意[11]。麑稍大[12]，忘己之麋也，以为犬良我友[13]，抵触偃仆[14]，益狎[15]。犬畏主人，与之俯仰甚善[16]，然时啖其舌[17]。

三年，麋出门外[18]，见外犬在道甚众，走欲与为戏。外犬见而喜且怒，共杀食之，狼藉道上。麋至死不悟。

注释

[7] 临江：唐县名，在今江西省樟树市。畋（tián）：打猎。麑（ní）：幼鹿。
[8] 怛（dá）：恐吓。

[9] 习：不断。
[10] 稍：逐渐。
[11] 如：依照。
[12] 此句通行本“麑”前多一“麋”字。
[13] 良：确实。
[14] 偃（yǎn）：仰卧。
[15] 狎（xiá）：亲近。
[16] 俯仰：周旋。
[17] 啖（dàn）：咬，此处意为“舔”。
[18] 此句通行本无“外”字。

黔之驴

黔无驴[19]，有好事者舡载以入[20]。至则无可用，放之山下。虎见之，尨然大物也[21]，以为神。蔽林间窥之，稍出近之，慭慭然莫相知[22]。

他日，驴一鸣，虎大骇，远遁，以为且噬己也[23]，甚恐。然往来视之，覺无异能者[24]。益习其声，又近出前后，终不敢搏。稍近益狎，荡倚冲冒[25]，驴不胜怒，蹄之[26]。虎因喜，计之曰[27]：“技止此耳！”因跳踉大㘎[28]，断其喉，尽其肉，乃去。

噫！形之尨也类有德，声之宏也类有能。向不出其技[29]，虎虽猛，疑畏，卒不敢取。今若是焉，悲夫！

注释

[19] 黔：唐代的黔州，治所在今重庆市彭水县。
[20] 舡（chuán），同“船”。

[21] 龙，通“庞”。
[22] 慭（yìn）慭然：小心谨慎的样子。
[23] 且：将要。噬（shì）：吃。
[24] 覔：同“觉”。
[25] 荡：摇动。倚：偎依。
[26] 蹄（dì）：踢。
[27] 计：盘算。
[28] 跳踉（liáng）：跳跃。㘎（hǎn）：怒吼。
[29] 向：假如。

永某氏之鼠

永有某氏者[30]，畏日[31]，拘忌异甚。以为己生岁直子[32]；鼠，子神也，因爱鼠，不畜猫犬，禁僮勿击鼠[33]。仓廪庖厨[34]，悉以恣鼠[35]，不问。

由是鼠相告，皆来某氏，饱食而无祸。某氏室无完器，椸无完衣[36]，饮食大率鼠之余也。昼累累与人兼行[37]，夜则窃啮斗暴[38]，其声万状，不可以寝，终不厌。

数岁，某氏徙居他州；后人来居，鼠为态如故。其人曰：“是阴类恶物也，盗暴尤甚。且何以至是乎哉？”假五六猫，阖门撤瓦灌穴，购僮罗捕之[39]，杀鼠如丘，弃之隐处，臭数月乃已[40]。

呜呼！彼以其饱食无祸为可恒也哉！

注释

[30] 永：永州，治所在今湖南永州市零陵区。
[31] 日：指年月日的吉凶禁忌。

[32] 直：正逢。子：子年。子年生肖属鼠。

[33] 僮（tóng）：奴仆。

[34] 庖厨：厨房。

[35] 悉：全。恣（zì）：放任。

[36] 椸（yí）：衣架。

[37] 兼行：并行。

[38] 啮（niè）：啃。

[39] 购：悬赏。

[40] 臯，同“臭”。

梵夹装

梵夹装原本不是中国古代书籍的装帧形式，而是印度佛教经典的装帧形式。在佛教的发祥地印度，很长的历史时期内，佛教经书都是书写在贝多树叶上的，所以又称为贝叶经。

将写好的贝叶经，视经文段落和贝叶多少，按顺序排好，然后用两块比经叶略宽略长一点的经过刮削加工的竹板或木板，一上一下将贝叶经夹在中间，再在贝叶和板的一端穿一或两个洞，穿绳系好，最后绕捆起来。但这种靠边钻洞再用细绳缀连之法，经多次翻阅，容易使贝叶从边缘劈掉，所以后来又将洞从边缘向中间移动，就变成了现在仍能见到的样子。

梵夹装贝叶经

中国以纸张来制作书籍，至隋唐而极盛，制作材料不同，装帧方式当然也不一样。但中国的纸制书籍中，也有裁成长条模仿贝叶的梵夹装。

三戒（并序）　上海涵芬楼影印元刊本

三戒并序

吾恒惡世之人不知推己之本而乘物以逞或依勢以干非其類出技以怒強竊時以肆暴然卒迨于禍有客談麋驢鼠三物似其事作三戒

臨江之麋

臨江之人畋得麋麑〔音云麋音眉麑音倪鹿子也〕畜之入門群犬垂涎揚尾皆來其人怒怛之自是日抱就犬習示之使勿動稍使與之戲積久犬皆如人意麑稍大〔一本麑字上有麋字〕忘己之麋也以為犬良我友抵觸偃仆益狎犬畏主人與之俯仰甚善然時啖

吾恒恶世之人不知推己之本而乘物以逞或依势以干非其类出技以怒强窃时以肆暴然卒迨于祸有客谈麋驴鼠三物似其事作三戒

临江之麋

临江之人畋得麋麑畜之入门群犬垂涎扬尾皆来其人怒怛之自是日抱就犬习示之使勿动稍使与之戏积久犬皆如人意麑稍大忘己之麋也以为犬良我友抵触偃仆益狎犬畏主人与之俯仰甚善然时啖

其舌（啖音淡）三年麋出門外見外犬在道甚衆走欲與爲戲外犬見而喜且怒共殺食之狼籍道上麋至死不悟

黔之驢

黔無驢有好事者舡載以入至則無可用放之山下虎見之尨然大物也以爲神蔽林間窺之稍出近之慭慭然（慭魚覲切）莫相知他日驢一鳴虎大駭遠遁以爲且噬己也甚恐然往來視之覺無異能者益習其聲又近出前後終不敢搏稍近益狎蕩倚衝冒驢不勝怒蹄之虎因喜計之曰技止此耳因跳踉大㘚（□云虎㘚許鑑切）斷其喉盡其肉乃去噫形之尨也類有德聲之宏也類有能向不出其技虎雖猛疑畏卒不敢取今若是焉悲夫

永某氏之鼠

永有某氏者畏日拘忌異甚以爲己生歲直子鼠子神也因

其舌三年麋出门外见外犬在道甚众走欲与为戏外犬见而喜且怒共
杀食之狼藉道上麋至死不悟

黔之驴

黔无驴有好事者舡载以入至则无可用放之山下虎见之龙然大物
也以为神蔽林间窥之稍出近之慭慭然莫相知他日驴一鸣虎大
骇远遁以为且噬己也甚恐然往来视之觉无异能者益习其声又近
出前后终不敢搏稍近益狎荡倚冲冒驴不胜怒蹄之虎因喜计之曰
技止此耳因跳踉大㘎断其喉尽其肉乃去噫形之龙也类有德声之
宏也类有能向不出其技虎虽猛疑畏卒不敢取今若是焉悲夫

永某氏之鼠

永有某氏者畏日拘忌异甚以为己生岁直子鼠子神也因

愛鼠不畜猫犬（一本作又）禁僮勿擊鼠倉廩庖厨悉以恣鼠不問由是鼠相告皆來某氏飽食而無禍某氏室無完器椸無完衣（椸音移方言榻前几趙魏之間謂之椸一曰衣架）飲食大率鼠之餘也晝纍纍與人兼行（纍倫追切）夜則竊齧鬬暴其聲萬狀不可以寢終不厭數歲某氏徙居他州後人來居鼠為態如故其人曰是陰類惡物也盜暴尤甚且何以至是乎哉假五六猫闔門撤瓦灌穴購僮羅捕之殺鼠如丘棄之隱處臰數月乃已（臰即臭字）嗚呼彼以其飽食無禍為可恒也哉（東坡云予讀柳子厚三戒而愛之乃作河豚魚烏賊魚二說并序以自警）

增廣註釋音辯唐柳先生集卷之十九

爱鼠不畜猫犬禁僮勿击鼠仓廪庖厨悉以恣鼠不问由是鼠相
告皆来某氏饱食而无祸某氏室无完器椸无完衣饮食大率鼠
之余也昼累累与人兼行夜则窃啮斗暴其声万状不可以寝终
不厌数岁某氏徙居他州后人来居鼠为态如故其人曰是阴类
恶物也盗暴尤甚且何以至是乎哉假五六猫阖门撤瓦灌穴购
僮罗捕之杀鼠如丘弃之隐处臰数月乃已呜呼彼以其饱食无
祸为可恒也哉

醉翁亭记

欧阳修

欧阳修（1007—1072），字永叔，号醉翁，晚年又号六一居士，庐陵（今江西吉安）人。著作有《欧阳文忠公文集》《新五代史》，又与宋祁等合修《新唐书》。

欧阳修自称其蓄道德能文章得益于韩愈，时人及后人也将其与昌黎相比拟。苏轼称“欧阳子，今之韩愈也”（《六一居士集叙》）；清人钱谦益也称“欧阳子，有宋之韩愈也”（《再答苍略书》）。可二人立说根基其实不同：前者表彰其“著礼乐仁义之实以合于大道”，后者则突出欧氏对韩愈“文从字顺”别有会心的领悟。宋人都讲古文根于古道，可对“道”的理解天差地别。欧氏基本不谈心性，其言道注重时事政治以及个人的道德情操，难怪理学家只表彰其能文，而不承认其明理（《朱子语类》卷一三九对欧文甚多揄扬，卷一三〇则讥苏粗欧浅，并归因于“皆以文人自立”）。《读李翱文》及《五代史·伶官传序》历来以议论精微著称，但以天下兴亡大志“易其叹老嗟卑之心”，或强调“忧劳可以兴国，逸豫可以亡身”，境界固然高超，立意却说不上新奇。

欧文不以奇思妙想惊世，而以感慨遥深动人。李淦《文章精义》称“此老文字遇感慨处便精神”，并非虚言。所谓“感慨”，不外历史兴衰与个人生死，正是文人兼史家的欧氏所长。以“感慨”而非“思想”为主，好处是此种情怀千古不灭，缺陷则是极难显出自家本色。如果将欧文之风神与俊逸，追溯到魏晋文人对生命的领悟（参阅陈衍《石遗室论文》卷五），那么欧文创新的难度可想而知。

欧阳修学韩而又不为韩所限，其中一个重要原因，便是对于“诘屈聱牙”的摈弃。《记旧本韩文后》称少年时叹服韩文之“深厚而雄博”，可欧文其实以情深意切风神俊逸见长。大概是有感于时人之学韩过求险怪，欧氏更注重平易与自然。不只对石介的“昂然自异，以惊世人”不以为然（欧阳修《与石推官第一书》），就连王安石的刻意简古也不赞许，原因是“孟韩文虽高，不必似之也，取其自然耳”（参见曾巩《与王介甫第一书》)。

“取其自然”，流弊则可能是直白无味。欧文另有法宝，那就是纡余曲折，感慨呜咽。苏洵《上欧阳内翰第一书》对欧文的概括，基本上为历代论者所接受：

> 执事之文，纡余委备，往复百折，而条达疏畅，无所间断；气尽语极，急言竭论，而容与闲易，无艰难劳苦之态。

欧文最为人所称道者，如《泷冈阡表》《秋声赋》《苏氏文集序》《祭石曼卿文》《送徐无党南归序》等，文体虽异，主题却都是“感念畴昔，悲凉凄怆”。就这么一点思绪，作者不肯直接说出，而是一波三折，文章于是显得峰回路转，摇曳多姿。欧氏为文，擅长迂回与抑扬，往往从极远说到极近，从正题转为反题。明明是嫉恶如仇的檄文，却从年少时得闻高名落笔，而且似乎处处回护对方，最后方才表明其决绝与鄙夷(《与高司谏书》)；明明对方既无功名，也无文章，却偏从宋太祖开国说起，借王师用武战场今古等大题目，掩饰萍水相逢而又必须作序赠别的尴尬(《送田画秀才宁亲万州序》)。

此等笔墨，与孟子的刚直凛然、韩愈的奇崛浑噩确是不同，难怪苏洵称其别立一家。后人颇有以“雄”与“逸”来区分韩、欧文章的(如刘熙载《艺概·文概》

称："昌黎文意思来得硬直，欧、曾来得柔婉"；刘大槐《论文偶记》称："欧阳子逸而未雄，昌黎雄处多，逸处少"），而且多将韩置于欧之上；可实际上宋元以降，学做古文者多从欧文入手。

如果只是当时风气，可以其文坛盟主地位以及个人魅力来解释。可对于同样只从书本接触韩、欧的明清文人来说，为何主要选择欧文作为模仿对象？《朱子语类》卷一三九有言在先："韩文高，欧阳文可学。"韩文千变万化，往往出奇制胜，很难追踪与模仿；欧文多幽情雅韵，以涵养志趣见长，其变化与曲折思路清晰，比较容易把握。所谓文章各有体式，文人各有所长，而惟独欧公"得文章之全者"，"短章大论施无不可"（参见罗大经《鹤林玉露》卷二、苏辙《欧阳公神道碑》），既说明其多才多艺，也显示其诗文之中规中矩，因而易于模仿。

环滁皆山也[1]。其西南诸峰，林壑尤美。望之蔚然而深秀者[2]，琅邪也[3]。山行六七里，渐闻水声潺潺，而泻出于两峰之间者，让泉也[4]。峰回路转，有亭翼然临于泉上者[5]，醉翁亭也。作亭者谁？山之僧曰智仙也。名之者谁？太守自谓也[6]。太守与客来饮于此，饮少辄醉，而年又最高，故自号曰醉翁也[7]。醉翁之意不在酒，在乎山水之间也。山水之乐，得之心而寓之酒也。

注释

[1] 滁（chú）：北宋滁州治所，今为安徽滁州市。此篇乃宋仁宗庆历六年（1046）欧阳修任滁州知州时所作。
[2] 蔚然：草木茂盛的样子。
[3] 琅（láng）邪（yá）：即琅琊山，在今滁州西南。
[4] 让：通行本作“酿”。
[5] 翼然：像鸟展双翅一样，形容亭子四角的飞檐。
[6] 太守：宋代知府、知州的别称。
[7] 醉翁：作者《赠沈遵》有“我年四十犹强力，自号醉翁聊戏客”句。

若夫日出而林霏开[8]，云归而岩穴暝[9]，晦明变化者，山间之朝暮也。野芳发而幽香，佳木秀而繁阴，风霜高洁，水清而石出者[10]，山间之四时也。朝而往，暮而归，四时之景不同，而乐亦无穷也。

注释

[8] 若夫：至于。霏：雾气。
[9] 暝（míng）：昏暗。
[10] 清：通行本作“落”。

至于负者歌于途，行者休于树，前者呼，后者应，伛偻提携[11]，往来而不绝者，滁人游也。临溪而渔，溪深而鱼肥；酿泉为酒，泉香而酒洌[12]。山肴野蔌[13]，杂然而前陈者，太守宴也。宴酣之乐，非丝非竹，射者中[14]，弈者胜，觥筹交错[15]，起坐而喧哗者，众宾欢也。苍颜白发，颓然乎其间者[16]，太守醉也。

注释

[11] 伛（yǔ）偻（lǚ）：指驼背的老人。提携：指牵抱的小孩。
[12] 洌（liè）：清醇。
[13] 山肴：野味。野蔌（sù）：野菜。
[14] 射：指投壶游戏，以投入壶中箭数的多少决胜负。
[15] 觥（gōng）筹交错：酒杯与酒筹交杂，形容互相敬酒，宾主尽欢。筹：饮酒时，用来计数或行令的签子。
[16] 颓然：酒醉欲倒之状。

已而夕阳在山[17]，人影散乱，太守归而宾客从也。树林阴翳[18]，鸣声上下，游人去而禽鸟乐也。然而禽鸟知山林之乐，而不知人之乐；人知从太守游而乐，不知太守之乐其乐也。醉能同其乐，醒能述以文者，太守也。太守谓谁？庐陵欧阳修也[19]。

注释

[17] 已而：不久。

[18] 阴翳（yì）：树木枝叶繁茂。

[19] 庐陵：宋代吉州治所，今为江西吉安市。

醉翁亭記

環滁皆山也其西南諸峯林壑尤美望之蔚然而深秀者琅邪也山行六七里漸聞水聲潺潺而瀉出于兩峯之間者讓泉也峯回路轉有亭翼然臨于泉上者醉翁亭也作亭者誰山之僧曰（一無此字）智僊也名之者誰太守自謂也太守與客來飲于此飲少輒醉而年又最高故自號曰醉翁也醉翁之意不在酒在乎山水之間也山水之樂得之心而寓之酒也若夫日

环滁皆山也其西南诸峰林壑尤美望之蔚然而深秀者琅
邪也山行六七里渐闻水声潺潺而泻出于两峰之间者让
泉也峰回路转有亭翼然临于泉上者醉翁亭也作亭者谁
山之僧曰智仙也名之者谁太守自谓也太守与客来饮于
此饮少辄醉而年又最高故自号曰醉翁也醉翁之意不在
酒在乎山水之间也山水之乐得之心而寓之酒也若夫日

出而林霏開雲歸而巖穴暝晦明變化者山間之朝暮也野芳發而幽香佳木秀而繁陰風霜高潔水清一作涸一作落而石出者山間之四時也朝而往暮而歸四時之景不同而樂亦無窮也至於負者歌于塗行者休于樹前者呼後者應傴僂提攜往來而不絕者滁人遊也臨谿而漁谿深而魚肥釀泉爲酒泉香而酒洌一作泉洌而酒香山肴野蔌雜然而前陳者太守宴也宴酣之樂非絲非竹射者中弈者勝觥籌交錯起坐而諠譁者衆賓懽也蒼顏白髮頽然乎其間者太守醉也已而夕陽在山人影散亂太守歸而賓客從也樹

出而林霏开云归而岩穴暝晦明变化者山间之朝暮也野芳
发而幽香佳木秀而繁阴风霜高洁水清而石出者山间之四
时也朝而往暮而归四时之景不同而乐亦无穷也至于负者
歌于途行者休于树前者呼后者应伛偻提携往来而不绝者
滁人游也临溪而渔溪深而鱼肥酿泉为酒泉香而酒洌山肴
野蔌杂然而前陈者太守宴也宴酣之乐非丝非竹射者中弈
者胜觥筹交错起坐而喧哗者众宾欢也苍颜白发颓然乎其
间者太守醉也已而夕阳在山人影散乱太守归而宾客从也树

林陰翳鳴聲上下遊人去而禽鳥樂也然而禽鳥知山林之樂而不知人之樂人知從太守遊而樂（碑有而字）不知太守之樂其樂也醉能同其樂醒能述以文者太守也太守謂誰廬陵歐陽脩也

居士集卷第三十九

熙寧五年秋七月男發等編定

紹熙二年三月郡人孫謙益校正

林阴翳鸣声上下游人去而禽鸟乐也然而禽鸟知山林之
乐而不知人之乐人知从太守游而乐不知太守之乐其乐
也醉能同其乐醒能述以文者太守也太守谓谁庐陵欧阳
修也

旋风装

唐代是诗歌发展的黄金时代。诗歌特别是近体律诗的发展，要求严格的韵律。唐代的韵书就好比现在的辞典，带有工具书的性质，因此其书写方式和装帧形式，要以方便随时翻检为原则，做出相应的改变。于是便出现了旋风装，既未完全打破卷轴装的外壳，又达到了方便翻检的目的。

北京故宫博物院珍藏的唐写本《王仁昫刊谬补缺切韵》是现存中国古代书籍旋风装的典型实物留存。此书共五卷二十四叶，除首叶是单面书字外，其余二十三叶均为双面书字，所以一共是四十七面。其装帧方式是：以一张比书叶略宽的长条厚纸作底，将书叶粘在底纸上，除首叶全幅粘裱于底纸右端之外，其余二十三叶，每叶都只在右边无字空条处粘裱，逐叶向左、鳞次相错。收藏时，从首向尾，或者说是从右向左卷起，捆牢，外表仍是卷轴装式；但打开翻阅时，除首叶全裱于底纸上不能翻动外，其余均和阅览现代书籍一样，可以逐叶翻转，依次阅读两面的文字。古人把这种装帧形式称作“旋风装”或“龙鳞装”。

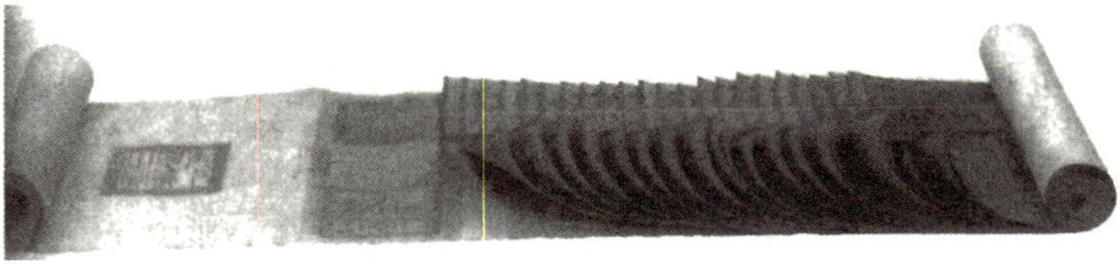

北京故宫博物院所藏唐写本《王仁昫刊谬补缺切韵》

墨池记

曾巩

曾巩（1019—1083），字子固，建昌南丰（今属江西）人，著有《元丰类稿》。

宋人之追摹韩愈取径不同，其中一个重要标志，便是对于韩所激赏的扬雄的评价。欧阳修对扬之摹拟古语颇不以为然，苏轼甚至直斥为以艰深文其浅陋（参见欧阳修的《答吴充秀才书》和苏轼的《与谢民师推官书》）；相反，曾巩、王安石则对扬推崇备至，或称学有所进于扬书便有所得，或抱怨今世学士大夫不足以知扬（参见曾巩《答王深甫论扬雄书》、王安石《答吴孝宗书》）。

撇开扬雄的政治态度与学术成就，单就文风而言，其简奥艰深乃是争论的焦点。主张平易畅达的欧苏不喜欢扬文，反过来，喜欢扬文的曾王必然倾向于艰深拗折。同样取法昌黎，欧取其“文从字顺”，王则取其“陈言务去”。除了文风，欣赏扬雄者，更强调为文根于经术。清人朱彝尊称宋人文章“莫不原本经术，故能横绝一世”(《与李武曾论文书》)；其实，文章“至宋而始醇”之类的判断，更适合于曾王而不是欧苏。

最能体现曾巩深于经术者，莫过于《战国策目录序》《宜黄县县学记》《墨池记》一类文章。讲考据，有学问，但更重要的是由此引申而来的要言不烦的议论。曾氏为文，不大讲究文采，以自然淳朴、雍容大雅取胜，近于汉代的刘向，为明清两代的学者之文所追摹。

临川之城东[1]，有地隐然而高[2]，以临于溪，曰新城。新城之上，有池洼然而方以长[3]，曰王羲之之墨池者[4]，荀伯子《临川记》云也[5]。羲之尝慕张芝[6]，临池学书，池水尽黑，此为其故迹，岂信然邪[7]？

注释

[1] 临川：宋代抚州治所，今为江西抚州市临川区。

[2] 隐然：隐隐。

[3] 以：而。

[4] 王羲之：字逸少，东晋著名书法家，曾任临川太守。

[5] 荀伯子：南朝宋人，曾任临川内史。著有《临川记》，其中记述："王羲之尝为临川内史，置宅于郡城东高坡，名曰新城。旁临回溪，特据层阜，其地爽垲，山川如画。今旧井及墨池犹存。"

[6] 张芝：东汉著名书法家，善草书，人称"草圣"。王羲之"曾与人书云：'张芝临池学书，池水尽黑，使人耽之若是，未必后之也。'"(《晋书·王羲之传》)

[7] 信然：确实如此。

方羲之之不可强以仕[8]，而尝极东方，出沧海，以娱其意于山水之间；岂其徜徉肆恣[9]，而又尝自休于此邪？羲之之书晚乃善[10]，则其所能，盖亦以精力自致者，非天成也。然后世未有能及者，岂其学不如彼邪？则学固可以少哉[11]？况欲深造道德者邪？

注释

[8] 方：当。强：勉强。据《晋书·王羲之传》：王羲之原与王述齐名，但他看不起王述，二人因此不睦。后羲之任会稽内史时，王述为扬州刺史，

检察会稽郡。羲之深以为耻，遂称病去职，誓不再仕。从此“遍游东中诸郡，穷诸名山，泛沧海，叹曰：‘我卒当以乐死。’”

[9] 徜（cháng）徉（yáng）：游荡。“其”字通行本作“有”。

[10]“羲之”句：《晋书·王羲之传》：“羲之书初不胜庾翼、郗愔，及其暮年方妙。”

[11] 固：难道。通行本此字后多一“岂”。”

墨池之上，今为州学舍[12]。教授王君盛恐其不章也[13]，书“晋王右军墨池”之六字于楹间以揭之[14]，又告于巩曰：“愿有记。”惟王君之心[15]，岂爱人之善，虽一能不以废[16]，而因以及乎其迹邪？其亦欲推事以勉其学者邪[17]？夫人之有一能而使后人尚之如此[18]，况仁人庄士之遗风余思被于来世者如何哉[19]！

庆历八年九月十二日[20]，曾巩记。

注释

[12] 州学舍：指抚州州学学舍。

[13] 教授：官名。宋代在路学、府学、州学置教授，主管教育与管理所属生员。其：指墨池。章：显著。

[14] 楹：厅堂前面的柱子。揭：标明。

[15] 惟：猜想。

[16] 一能：一技之长，指王羲之的书法。

[17] 推事：通行本作“推其事”。

[18] 尚：推崇。

[19] 被：延续。

[20] 庆历八年：宋仁宗庆历八年为公元 1048 年。

宋刻本

雕版印书，至宋而大盛，两浙、四川与福建等经济发达地区成了刻书的中心，刻书单位有监司、州学、书院、家塾、书坊等。

宋代的书刻，前期多白口，四周单边；后期仍多白口，左右双边、上下单边，少数四周双边；南宋中后期刻书出现细黑口，也叫线黑口。版心有鱼尾：上鱼尾上方象鼻处多镌本版大小、字数；上下鱼尾之间多镌简化了的书名、卷第、页码；下鱼尾下方多镌刊工姓名，有时镌雕版行主人的斋堂室名。宋代刻书之所以形成如此的版式风格，既有历史渊源，也有时代特色。

宋代印书的用纸，归结起来就是两大类：皮纸和竹纸。进入宋代以后，由于雕版印刷的发展，对纸的需求量越来越大，因此往往就地取材。福建、江西、浙江、四川等地都盛产竹子，于是竹子也成了造纸原料。竹纸的制造成功，并为印制书籍广泛采用，对于促进人类文明与进步，起到了不可估量的作用。

宋代刻印之书，由工于书法的人缮写上版，字体既美，校刻亦精，字体大都采颜、柳、欧阳笔法，其风格北宋质朴，南宋挺秀。所谓“纸坚刻软，字画如写”是宋刻本的共同特色。

墨池記

臨川之城東有地隱然而高以臨于溪曰新城新城之上有地窪然而方以長曰王羲之之墨池者荀伯子臨川記云也羲之嘗慕張芝臨池學書池水盡黑此為其故跡豈信然邪方羲之之不可強以仕而嘗極東方出滄海以娛其意於山水之間豈其徜徉肆恣而又嘗自休於此邪羲之之書晚乃善則其所能蓋亦以精力自致者非天成也然後世未有能及者豈其學不如彼邪則學固可以少哉況欲深造道德者邪墨池之上今為州學舍教授王君盛恐其不章也書晉王右軍墨池之六字於楹間以揭之又告於鞏曰願有記推王君之心豈愛人之善雖一能不以廢而因以及乎其跡邪其亦欲推事以勉其學者邪夫人之有一能而使後人尚之如此況仁人莊士之遺風餘思被於來世者如何哉慶曆八年九月十二日曾鞏記

临川之城东有地隐然而高以临于溪曰新城新城之上有池洼然而方以长曰王羲之之墨池者荀伯子临川记云也羲之尝慕张芝临池学书池水尽黑此为其故迹岂信然邪方羲之之不可强以仕而尝极东方出沧海以娱其意于山水之间岂其徜徉肆恣而又尝自休于此邪羲之之书晚乃善则其所能盖亦以精力自致者非天成也然后世未有能及者岂其学不如彼邪则学固可以少哉况欲深造道德者邪墨池之上今为州学舍教授王君盛恐其不章也书晋王右军墨池之六字于楹间以揭之又告于巩曰愿有记惟王君之心岂爱人之善虽一能不以废而因以及乎其迹邪其亦欲推事以勉其学者邪夫人之有一能而使后人尚之如此况仁人庄士之遗风余思被于来世者如何哉庆历八年九月十二日曾巩记

游褒禅山记

王安石

王安石（1021—1086），字介甫，晚号半山，临川（今属江西）人，著有《临川先生文集》。宋神宗时曾任宰相，积极推行变法。由于新法推行中阻力重重，且流弊丛生，王屡遭排斥，后被迫去职。

作为杰出的政治家，王氏《上仁宗皇帝书》那样义贯气通、纵横排荡的万言书，有宋一代无出其右者。至于《伤仲永》《读孟尝君传》《游褒禅山记》等，其识解高超且简古雅健固然令人叹为观止，而其中流露出来的兀傲与廉悍也不容漠视。借用王氏游山的比喻："入之愈深，其进愈难，而其见愈奇。"（《游褒禅山记》）王文不愧"奇伟瑰怪非常之观"，只是如此着意追求"险远"，往往令追踪者望而却步。

褒禅山亦谓之华山[1]。唐浮图慧褒始舍于其址[2]，而卒葬之，以故其后名之曰“褒禅”[3]。今所谓慧空禅院者，褒之庐冢也[4]。距其院东五里，所谓华山洞者，以其乃华山之阳名之也[5]。距洞百余步，有碑仆道[6]，其文漫灭[7]，独其为文犹可识，曰“花山”。今言“华”，如“华实”之“华”者，盖音谬也。

注释

[1] 褒禅山：在今安徽含山县北。
[2] 浮图：古印度梵语译音词，有佛、佛教徒、佛塔等不同意义，在此指和尚。慧褒：唐代高僧。
[3] 禅：梵语译音“禅那”的略语，原意为佛教徒静坐默念的修行方式，后用以指称与佛教有关的事物。在此意为禅师。
[4] 庐：庐舍，禅房。冢（zhǒng）：坟墓。
[5] 阳：山的南面或水的北面。
[6] 仆：倒下。
[7] 漫灭：因风化剥蚀而模糊不清。

其下平旷，有泉侧出，而记游者甚众[8]，所谓“前洞”也。由山以上五六里，有穴窈然[9]，入之甚寒，问其深，则其好游者不能穷也，谓之“后洞”。余与四人拥火以入[10]，入之愈深，其进愈难，而其见愈奇。有怠而欲出者，曰：“不出，火且尽[11]。”遂与之俱出。盖予所至[12]，比好游者尚不能十一[13]，然视其左右，来而记之者已少。盖其又深，则其至又加少矣。方是时，予之力尚足以入，火尚足以明也。既其出，则或咎其欲出者，而予亦悔其随之，而不得极夫游之乐也。

注释

[8] 记游：题字留念。
[9] 窈（yǎo）然：幽深的样子。
[10] 拥火：手持火把。
[11] 且：将要。
[12] 予：我。
[13] 十一：十分之一。

于是予有叹焉。古人之观于天地、山川、草木、虫鱼、鸟兽，往往有得，以其求思之深而无不在也。夫夷以近[14]，则游者众；险以远，则至者少。而世之奇伟瑰怪非常之观[15]，常在于险远，而人之所罕至焉，故非有志者，不能至也。有志矣，不随以止也，然力不足者，亦不能至也。有志与力，而又不随以怠，至于幽暗昏惑，而无物以相之[16]，亦不能至也。然力足以至焉，于人为可讥，而在己为有悔；尽吾志也而不能至者，可以无悔矣，其孰能讥之乎？此予之所得也。

注释

[14] 夷：平坦。
[15] 瑰怪：瑰丽奇异。观：景象。
[16] 相（xiàng）：辅助。

余于仆碑，又以悲夫古书之不存，后世之谬其传而莫能名者，何可胜道也哉[17]！此所以学者不可以不深思而慎取之也。

四人者，庐陵萧君圭君玉[18]，长乐王回深父[19]，余弟安国平父、安上纯父[20]。至和元年七月某日临川王某记[21]。

注释

[17] 胜：尽。
[18] 萧君圭：字君玉。生平事迹不详。
[19] 长乐：今为福建福州市长乐区。王回：字深父。北宋学者。
[20] 安国平父：即王安国，字平父。安上纯父：即王安上，字纯父。
[21] 至和元年：宋仁宗至和元年为公元 1054 年。

元刻本

纵观整个元代刻书的特点，大体可以用八个字概括，即黑口、赵字、无讳、多简。

黑口，是指每版中缝线的上下两端称为版口的地方，为粗大的黑条子。一般而言，元代刻书绝大多数都是黑口，而且不少是粗大黑口。白口在雕版时要操刀剔挖，劳力费时。元代刻书之所以多是黑口，正是社会经济大不如前的表征。

赵字，是指元代官私刻书的字体很多都模仿赵孟頫的字。赵孟頫是中国历史上楷书四大家之一，前三家欧阳询、颜真卿、柳公权对宋代刻本的字体影响深远，只有赵孟頫是元朝人，没有影响到之前的两宋。

无讳，是指元代刻书见不到讳字。避讳是中国历史上特有的风俗，但元朝是蒙古族贵族建立的封建王朝，元代避讳只限于全用御名，而元代诸帝的御名多是音译的长名，碰上全用御名的机会几乎没有。这就是元代刻书无讳字的根本原因。

多简，是指元朝的书刻多用俗体字和简体字。元朝确定以八思巴创制的蒙古新字为国字，在上下行文、对外交往中均使用国字。对汉字书写和刻板的要求则不那么严格。再加上汉字使用的过程中，历来是删繁就简，遇到此时对汉字书写规范要求不严，因而元刻本就表现为俗体字多、异体字多、简体字多。

游褒禅山记

中国国家图书馆藏宋绍兴二十一年两浙西路转运司王珏刻元明递修本

遊褒禪山記

褒禪山亦謂之華山唐浮圖慧褒始舍於其址而卒葬之以故其後名之曰褒禪今所謂慧空禪院者褒之廬冢也距其院東五里所謂華山洞者以其乃華山之陽名之也距洞百餘步有碑仆道其文漫滅獨

褒禅山亦谓之华山唐浮图慧褒始舍于其址而卒
葬之以故其后名之曰褒禅今所谓慧空禅院者褒
之庐冢也距其院东五里所谓华山洞者以其乃华
山之阳名之也距洞百余步有碑仆道其文漫灭独

其為文猶可識曰花山今言華如華實之華者蓋音謬也其下平曠有泉側出而記遊者甚衆所謂前洞也由山以上五六里有穴窈然入之甚寒問其深則其好遊者不能窮也謂之後洞余與四人擁火以入入之愈深其進愈難而其見愈奇有怠而欲出者曰不出火且盡遂與之俱出蓋予所至比好遊者尚不能十一然視其左右來而記之者已少蓋其又深則其至又加少矣方是時予之力尚足以入火尚足以明也既其出則或咎其欲出者而予亦悔其隨之而不得極夫遊之樂也於是予有歎焉古人之觀於天地山川草木蟲魚鳥獸往往有得以其求思之深而無不在也夫夷以近則遊者衆險以遠則至者少而

其为文犹可识曰花山今言华如华实之华者盖音谬也其下
平旷有泉侧出而记游者甚众所谓前洞也由山以上五六里
有穴窈然入之甚寒问其深则其好游者不能穷也谓之后洞
余与四人拥火以入入之愈深其进愈难而其见愈奇有怠而
欲出者曰不出火且尽遂与之俱出盖予所至比好游者尚不
能十一然视其左右来而记之者已少盖其又深则其至又加
少矣方是时予之力尚足以入火尚足以明也既其出则或咎
其欲出者而予亦悔其随之而不得极夫游之乐也于是予有
叹焉古人之观于天地山川草木虫鱼鸟兽往往有得以其求
思之深而无不在也夫夷以近则游者众险以远则至者少而

世之奇偉瑰怪非常之觀常在於險遠而人之所罕至焉故非有志者不能至也有志矣不隨以止也然力不足者亦不能至也有志與力而又不隨以怠至於幽暗昏惑而無物以相之亦不能至也然力足以至焉於人爲可譏而在己爲有悔盡吾志也而不能至者可以無悔矣其孰能譏之乎此予之所得也余於仆碑又以悲夫古書之不存後世之謬其傳而莫能名者何可勝道也哉此所以學者不可以不深思而慎取之也四人者廬陵蕭君圭君玉長樂王回深父余弟安國平父安上純父至和元年七月某日臨川王某記

世之奇伟瑰怪非常之观常在于险远而人之所罕至焉故非
有志者不能至也有志矣不随以止也然力不足者亦不能至
也有志与力而又不随以怠至于幽暗昏惑而无物以相之亦
不能至也然力足以至焉于人为可讥而在己为有悔尽吾志
也而不能至者可以无悔矣其孰能讥之乎此予之所得也余
于仆碑又以悲夫古书之不存后世之谬其传而莫能名者何
可胜道也哉此所以学者不可以不深思而慎取之也四人者
庐陵萧君圭君玉长乐王回深父余弟安国平父安上纯父至
和元年七月某日临川王某记

文与可画筼筜谷偃竹记

苏轼

苏轼（1037—1101），字子瞻，号东坡居士，眉山（今属四川）人。仕途很不得意，但其性情及才华却得到极为广泛的认可。著作除诗、文、词集外，尚有《东坡志林》《仇池笔记》等。至于书法及绘画方面的成就，也对后世有很大的影响。

嘉祐二年（1057）欧阳修知贡举，黜险怪奇涩而取平澹典要，此举对宋代文风的改革意义甚大。如果说此科所取之士，曾巩得其典要，苏轼则是合乎平澹。难怪同年欧阳修《与梅圣俞书》称："读轼书，不觉汗出，快哉快哉！老夫当避路，放他出一头地也。可喜可喜。"

苏文给人第一感觉，确实只能用"痛快"来表述。

东坡居士才气横溢，再加上熟读《庄子》与《战国策》，下笔时架虚行危，纵横倏忽，即便不欣赏其激切与雄辩，也叹服其文字之畅快。其史论与政论（若《留侯论》《刑赏忠厚之至论》《教战守策》等）历来大受赞赏，因其天才粲然，颇具曲折变化之妙；只是时有“想当然耳”以及纸上谈兵之弊。真正使得东坡文章不朽的，是其包括书札、序言、杂记、铭赞、题跋等在内的各体杂文。比起中规中矩的策论，此等杂文更能显示东坡之才气与性情。《与谢民师推官书》中这段话，可作为东坡文章的最佳描述：

> 大略如行云流水，初无定质，但常行于所当行，常止于不可不止。文理自然，姿态横生。

若《日喻》《记承天寺夜游》《文与可画筼筜谷偃竹记》以及前后《赤壁赋》等，此类自出机杼任意洒脱的文字，最大的特点是“不可重复”。

严格说来，所有的好文章都是一次性的；但东坡为文的随意以及对规矩的蔑视，使得其更多仰仗个人的才气与性情，因而摹仿者更难得其真髓。所谓“苏门四学士”或“苏门六君子”等，其学问文章其实各自成家。黄庭坚的题跋、陈师道的书札、张耒和秦观的议论，颇有几分苏文的神韵。但就总体而言，苏门后学难以为继。其中关节所在，依《朱子语类》卷一三九的说法，世人只知苏文之畅快与随意，而不识其气骨与学养，因而一学必然趋于机巧与轻佻。

竹之始生，一寸之萌耳[1]，而节叶具焉。自蜩腹蛇蚹以至于剑拔十寻者[2]，生而有之也[3]。今画者乃节节而为之，叶叶而累之，岂复有竹乎[4]？故画竹必先得成竹于胸中，执笔熟视，乃见其所欲画者，急起从之，振笔直遂[5]，以追其所见，如兔起鹘落[6]，少纵则逝矣。与可之教予如此[7]。予不能然也，而心识其所以然。夫既心识其所以然，而不能然者，内外不一，心手不相应，不学之过也。故凡有见于中而操之不熟者，平居自视了然，而临事忽焉丧之，岂独竹乎？

注释

[1] 萌：嫩芽。
[2] 蜩（tiáo）腹蛇蚹（fù）：以蝉腹蛇鳞状写竹笋被笋壳层层包裹的外观。蜩，蝉。蚹，蛇腹部用来爬行的鳞片。寻：古代一寻为八尺。
[3] 之：指代竹节与竹叶。
[4]“今画者”三句：米芾《画史》记：“苏轼子瞻作墨竹，从地一直起至顶。余问何不逐节分，曰：‘竹生时何尝逐节生？’运思清拔，出于文同与可，自谓与文拈一瓣香。”
[5] 遂：完成。
[6] 兔起鹘（hú）落：兔子刚起跑，鹘就扑下来，形容动作极为敏捷。鹘，鹰类猛禽。
[7] 与可：文同，字与可，北宋著名画家。

子由为《墨竹赋》以遗与可[8]，曰：“庖丁[9]，解牛者也，而养生者取之；轮扁，斫轮者也[10]，而读书者与之。今夫夫子之托于斯竹也[11]，而予以为有道者则非邪？”子由未尝画也，故得其意而已。若予者[12]，岂独得其意，并得其法。

注释

[8] 子由：苏辙，字子由，苏轼弟，亦为北宋著名文学家。遗（wèi）：赠送。
[9] 参见《庄子·养生主》。
[10] 轮扁，斫（zhuó）轮者也：见《庄子·天道》：齐桓公在堂上读书，轮扁在堂下斫轮，因而对桓公说，其所读书为“古人之糟粕”。桓公责问其由。轮扁以自身经验作答：臣斫轮“不徐不疾，得之于手而应于心，口不能言，有数存焉于其间”，这种精妙的体会即使儿子也无法传授。以此说明意不可以言传。斫，砍削。
[11] 夫子：指文同。
[12] 予：通行本作“余”。

与可画竹，初不自贵重，四方之人持缣素而请者[13]，足相蹑于其门[14]。与可厌之，投诸地而骂曰：“吾将以为袜。”士大夫传之，以为口实。及与可自洋州还[15]，而余为徐州[16]。与可以书遗余曰：“近语士大夫：‘吾墨竹一派近在彭城[17]，可往求之。’袜材当萃于子矣[18]。”书尾复写一诗，其略曰：“拟将一段鹅溪绢[19]，扫取寒梢万尺长。”予谓与可：“竹长万尺，当用绢二百五十匹[20]。知公倦于笔砚，愿得此绢而已。”与可无以答，则曰：“吾言妄矣！世岂有万尺竹哉？”余因而实之[21]，答其诗曰：“世间亦有千寻竹，月落庭空影许长[22]。”与可笑曰：“苏子辩矣，然二百五十匹绢，吾将买田而归老焉。”因以所画筼筜谷偃竹遗予曰[23]：“此竹数尺耳，而有万尺之势。”筼筜谷在洋州，与可尝令予作洋州三十咏[24]，《筼筜谷》其一也。予诗云：“汉川修竹贱如蓬[25]，斤斧何曾赦箨龙[26]。料得清贫馋太守，渭滨千亩在胸中。[27]”与可是日与其妻游谷中，烧笋晚食，发函得诗，失笑喷饭满案。

注释

[13] 缣（jiān）素：供书写绘画用的浅黄和白色细绢。
[14] 蹑：连续。
[15] 与可自洋州还：文同熙宁八年（1075）任洋州（今陕西汉中市洋县）知州，十年（1077）回京师。
[16] 余为徐州：苏轼熙宁十年任徐州知州，元丰二年（1079）离任。
[17] 彭城：即徐州。
[18] 萃：汇聚。
[19] 鹅溪绢：鹅溪，在今四川盐亭县西北，所产绢细密光滑，唐代已为贡品，宋人书画对其尤为推重。
[20]“竹长万尺”二句：古代一匹为四十尺，一万尺合二百五十匹。
[21] 实：坐实。
[22] 许：许可，可以。
[23] 筼（yún）筜（dāng）谷：在今陕西洋县西北，盛产竹。杨孚《异物志》：“筼筜生水边，长数丈，围一尺五六寸，一节相去六七尺，或相去一丈。”偃：倒伏。
[24] 洋州三十咏：即苏轼所作《和文与可洋州园池三十首》。
[25] 川：刻本误作“州”。修：长。
[26] 箨（tuò）龙：竹笋。
[27] 渭滨千亩：《史记·货殖列传》有“渭川千亩竹”之说，此处指洋州茂盛的竹林。

元丰二年正月二十日[28]，与可没于陈州[29]。是岁七月七日，予在湖州曝书画[30]，见此竹，废卷而哭失声。昔曹孟德祭桥公文有“车过”“腹痛”之语[31]。而予亦载与可畴昔戏笑之言者[32]，以见与可于予亲厚无间如此也。

注释

[28] 元丰二年：宋神宗元丰二年为公元 1079 年。

[29] 陈州：今河南周口市淮阳区。

[30] 湖州：今浙江湖州市。元丰二年，苏轼改任湖州知州。

[31]“昔曹孟德”句：曹操，字孟德。桥公名桥玄。建安七年（202），曹操军过浚仪（今河南开封市），遣人以太牢（牛）祭桥玄，并撰文，有云：“又承从容约誓之言：‘殂逝之后，路有经由，不以斗酒只鸡过相沃酹，车过三步，腹痛勿怪！’虽临时戏笑之言，非至亲之笃好，胡肯为此辞乎？”（《三国志·魏书·武帝纪》并裴松之注）

[32] 予：通行本作“余”。畴昔：往日。

文与可画筼筜谷偃竹记

上海涵芬楼影印吴兴张氏南海潘氏藏宋刊本

經進東坡文集事略卷第四十九

迪功郎新紹興府嵊縣主簿臣郎曄　上進

記

篔簹谷偃竹記　張氏園亭記

石氏畫苑記　石鍾山記

篔簹谷偃竹記 左太冲吴都賦云其竹則篔簹李善曰竹名也篔簹生水边長數丈圍一尺五六寸一節相去六七尺或相去一丈盧陵界有之始興以南又多小者夷人續以爲布葛

竹之始生一寸之萌耳而節葉具焉自蜩腹蛇蚹以至于劍拔十尋者生而有之也今畫者乃節節而爲之葉葉而累之豈復有竹乎故畫竹必先得成竹於胷中執筆熟視乃見其所欲畫者急起從之振筆直遂以追其

竹之始生一寸之萌耳而节叶具焉自蜩腹蛇蚹以至
于剑拔十寻者生而有之也今画者乃节节而为之叶
叶而累之岂复有竹乎故画竹必先得成竹于胸中执
笔熟视乃见其所欲画者急起从之振笔直遂以追其

所見如兎起鶻落少縱則逝矣與可之教予如此文與可名同梓潼人登科擢館職出典叟元洋湖數郡与公至相厚善有石室先生丹淵集四十卷予不能然也而心識其所以然夫既心識其所以然而不能然者内外不一心手不相應不學之過也故凡有見於中而操之不熟者平居自視了然而臨事忽焉喪之豈獨竹乎子由爲墨竹賦以遺與可曰庖丁解牛者也而養生者取之莊子養生篇庖丁爲惠文君解牛奏刀騞然莫不中音合於桑林之舞乃中經首之會文惠君曰善哉技蓋至此乎庖丁曰臣之所好者道也進乎技矣今臣之刀十九年所解數千牛而刀刃若新發於硎文惠君曰善哉吾聞庖丁之言得養生焉輪扁斲輪者也而讀書者與之莊子天道篇威公讀書於堂上輪扁斲輪於堂下釋椎鑿而言曰公之所讀者古人之糟粕已公怒輪扁曰以臣之事觀之斲輪徐則甘而不固疾則苦而不入不疾不徐得於手而應於心臣不能喻臣之子是以行年七十而老於斲輪古之人与其不可傳也死矣然則君之所讀者古人之糟粕已矣今夫夫子之託

所见如兔起鹘落少纵则逝矣与可之教予如此予不能然也而心识其所以然夫既心识其所以然而不能然者内外不一心手不相应不学之过也故凡有见于中而操之不熟者平居自视了然而临事忽焉丧之岂独竹乎子由为墨竹赋以遗与可曰庖丁解牛者也而养生者取之轮扁斫轮者也而读书者与之今夫夫子之托

於斯竹也而予以爲有道者則非邪子由未嘗畫也故得其意而已若予者豈獨得其意并得其法與可畫竹初不自貴重四方之人持縑素而請者足相躡於其門與可厭之投諸地而罵曰吾將以爲韈士大夫傳之以爲口實及與可自洋州還而余爲徐州與可以書遺余曰近語士大夫吾墨竹一派近在彭城可往求之韈材當萃於子矣書尾復寫一詩其畧曰擬將一段鵝谿絹掃取寒梢萬尺長予謂與可竹長萬尺當用絹二百五十匹知公倦於筆硯願得此絹而已與可無以荅則曰吾言妄矣世豈有萬尺竹哉余因而實之荅其詩曰世間亦有千尋竹月落庭空影許長與可笑曰蘇子辯矣然二百五十匹絹吾將買田而歸老焉因以所畫篔簹

于斯竹也而予以为有道者则非邪子由未尝画也故得其
意而已若予者岂独得其意并得其法与可画竹初不自贵
重四方之人持缣素而请者足相蹑于其门与可厌之投诸
地而骂曰吾将以为袜士大夫传之以为口实及与可自洋
州还而余为徐州与可以书遗余曰近语士大夫吾墨竹
一派近在彭城可往求之袜材当萃于子矣书尾复写一诗
其略曰拟将一段鹅溪绢扫取寒梢万尺长予谓与可竹长
万尺当用绢二百五十匹知公倦于笔砚愿得此绢而已与
可无以答则曰吾言妄矣世岂有万尺竹哉余因而实之答
其诗曰世间亦有千寻竹月落庭空影许长与可笑曰苏子
辩矣然二百五十匹绢吾将买田而归老焉因以所画筼筜

谷偃竹遺予曰此竹數尺耳而有萬尺之勢篔簹谷在
洋州與可嘗令予作洋州三十詠篔簹谷其一也予詩
云漢川脩竹賤如蓬斤斧何曾赦籜龍料得清貧饞太
守渭濱千畝在胸中史記貨殖傳云渭川千畝竹其人与千戶侯等與可是日
與其妻游谷中燒筍晚食發函得詩失笑噴飯滿案元
豐二年正月二十日與可沒於陳州是歲七月七日予
在湖州曝書畫見此竹廢卷而哭失聲昔曹孟德祭橋
公文有車過腹痛之語魏武紀建安七年春正月曹操過浚儀治睢陽渠遣使以太牢祀故太尉橋元褒賞令載公祀文曰又承從容約誓之言徂逝之後路有經由不以斗酒隻雞相沃酹車過三步腹痛勿怪雖臨時戲笑之言非至親篤好胡肯爲此辭乎而予亦載與可疇昔戲
笑之言者以見與可於予親厚無間如此也与可送公赴杭倅詩云北客若來休問事西湖雖好莫吟詩蓋規如此可見其親厚無間後公竟坐杭之詩什遂被謫云

谷偃竹遗予曰此竹数尺耳而有万尺之势筼筜谷在洋州
与可尝令予作洋州三十咏筼筜谷其一也予诗云汉川修
竹贱如蓬斤斧何曾赦箨龙料得清贫馋太守渭滨千亩在
胸中与可是日与其妻游谷中烧笋晚食发函得诗失笑喷
饭满案元丰二年正月二十日与可没于陈州是岁七月七
日予在湖州曝书画见此竹废卷而哭失声昔曹孟德祭桥
公文有车过腹痛之语而予亦载与可畴昔戏笑之言者以
见与可于予亲厚无间如此也

蝴蝶装

北宋以后的书籍，主要采用雕版印制。与手写书籍不同，雕版印书不可能不分任何段落地连续写下去，想写多长都随意，而是必须将一本书分成若干版，一版一版地雕刻印刷。这样印出来的书实际上是以版为单位的若干书叶。对这些印好的书叶，究竟应该采取什么样的装帧形式呢？继续采用已有的卷轴装、经折装、旋风装，不但会浪费不必要的粘连、折叠手续，也不适应进一步发展的社会文化需求，于是一种新的装订形式——蝴蝶装出现了。

蝴蝶装也简称蝶装。其具体做法是：将每张印好的书叶，以版心为中缝对折，有字的一面在内；然后将折好的书叶以折叠边为书脊对齐，在书脊处用糨糊等粘连剂逐叶粘连；再预备一张比书叶略长一些的硬厚整纸，折好粘在抹好糨糊的书脊上，作为前后封面，也叫书衣；最后把上下左三边余幅剪齐，一册蝴蝶装的书就算装帧完了。这种装帧形式，从外表看很像现在的平装书，打开时版心好像蝴蝶，身躯居中，书叶恰似两翼向两边张开，仿佛蝴蝶展翅，所以称为蝴蝶装。

金石录后序

李清照

李清照（1084—约1151），号易安居士，齐州章丘（今属山东）人。父李格非、夫赵明诚均为著名学者，从小坐拥书城，故得以含英咀华。金兵入主中原后夫妇南迁，颠沛流离，建炎三年（1129）明诚病死，清照晚境凄凉。

易安居士主要以词作著名，文章则以《词论》及这则《金石录后序》最为出色。作品大都散佚，今人辑有《李清照集》。

右《金石录》三十卷者何[1]？赵侯德父所著书也[2]。取上自三代、下迄五季[3]，钟、鼎、甗、鬲、盘、匜、尊、敦之款识[4]，丰碑大碣、显人晦士之事迹[5]，凡见于金石刻者二千卷，皆是正讹谬[6]，去取褒贬。上足以合圣人之道，下足以订史氏之失者，皆载之，可谓多矣。呜呼！自王播、元载之祸[7]，书画与胡椒无异；长舆、元凯之病[8]，钱癖与传癖何殊？名虽不同，其惑一也。

注释

[1] 右：以上。因后序在书末，故云。

[2] 赵侯德父：赵明诚，字德父（又作德甫），李清照丈夫。侯，古代士大夫之间的尊称。

[3] 三代：夏、商、周三朝。五季：五代，即后梁、后唐、后晋、后汉、后周。

[4] 鼎、甗（yǎn）、鬲（lì）：均为古代炊具。匜（yí）：盛水器具。敦（duì）：古代食器。款识（zhì）：铸刻在金石器物上的文字。

[5] 丰碑大碣（jié）：古代石碑，顶部方者为碑，顶部圆者为碣。晦士：姓名事迹不见于史传者。

[6] 是正：订正。

[7] 王播：当为王涯。王涯，唐文宗时宰相，癖好收藏。甘露之变，为宦官所杀，金银珠宝被人盗夺，所藏书画尽弃于道。元载：唐代宗时宰相，为官贪横被杀。抄没其家产时，仅胡椒即有八百石。（均见《新唐书》本传）

[8] 长舆、元凯：晋代和峤（qiáo），字长舆，家巨富而性悭吝；杜预，字元凯，著有《春秋左氏经传集解》。《晋书·杜预传》载："预常称（王）济有马癖，（和）峤有钱癖。武帝闻之，谓预曰：'卿有何癖？'对曰：'臣有《左传》癖。'"

余建中辛巳[9]，始归赵氏[10]。时先君作礼部员外郎[11]，丞相时作吏部侍郎[12]，侯年二十一，在太学作学生[13]。赵、李族寒，素贫俭。每朔望谒告出[14]，质衣[15]，取半千钱，步入相国寺[16]，市碑文果实归[17]，相对展玩咀嚼，自谓葛天氏之民也[18]。后二年，出仕宦，便有饭蔬衣綀[19]，穷遐方绝域[20]，尽天下古文奇字之志[21]。日就月将[22]，渐益堆积。丞相居政府，亲旧或在馆阁[23]，多有亡诗、逸史、鲁壁、汲冢所未见之书[24]。遂力传写[25]，浸觉有味，不能自已。后或见古今名人书画，三代奇器[26]，亦复脱衣市易。尝记崇宁间[27]，有人持徐熙《牡丹图》[28]，求钱二十万。当时虽贵家子弟，求二十万钱，岂易得耶？留信宿[29]，计无所出而还之。夫妇相向惋怅者数日。

注释

[9] 建中辛巳：宋徽宗建中靖国元年（1101）。

[10] 归：嫁。

[11] 先君：自称已故父亲李格非。礼部员外郎：礼部办事官员。

[12] 丞相：指赵明诚父亲赵挺之，官至尚书右仆射（丞相）。吏部侍郎：吏部副长官。

[13] 太学：古代设于京师的王朝最高学府。

[14] 谒告：请假。

[15] 质：典当。

[16] 相国寺：北宋时汴京（今河南开封市）最大的寺庙，也是当时著名的集市。

[17] 市：购买。

[18] 葛天氏：传说中远古时代的帝王，其时民风淳厚，生活简朴。陶渊明《五柳先生传》曾自称“葛天氏之民”。

[19] 饭蔬衣綀（shū）：意谓吃穿简朴。饭、衣，均为动词。綀，粗麻织物。

[20] 遐（xiá）方：远方。绝域：人迹罕至之处。
[21] 古文：秦以前文字。奇字：古文的异体字。
[22] 日就月将：日积月累。语出《诗·周颂·敬之》。
[23] 馆阁：宋代掌管图书、编修国史的机构。
[24] 亡诗：《诗经》三百零五篇之外的佚诗。逸史：散失的史籍。鲁壁：《汉书·艺文志》："武帝末，鲁共王坏孔子宅，欲以广其宫，而得《古文尚书》及《礼记》《论语》《孝经》凡数十篇，皆古字也。"汲冢：《晋书·武帝纪》："汲郡人不准（人名）掘魏襄王冢，得竹简小篆古书十余万言。"
[25] 此句通行本"遂"后多一"尽"字。
[26] 三代：通行本作"一代"。
[27] 崇宁：宋徽宗年号（1102—1106）。
[28] 徐熙：五代时南唐著名画家。
[29] 信宿：两夜。

后屏居乡里十年[30]，仰取俯拾[31]，衣食有余。连守两郡[32]，竭其俸入，以事铅椠[33]。每获一书，即同共勘校，正集签题[34]。得书、画、彝、鼎[35]，亦摩玩舒卷，指摘疵病，夜尽一烛为率[36]。故能纸札精致，字画完整，冠诸收书家。余性偶强记，每饭罢，坐归来堂烹茶[37]，指堆积书史，言某事在某书某卷第几叶第几行，以中否角胜负[38]，为饮茶先后。中，即举杯大笑，至茶倾覆怀中，反不得饮而起。甘心老是乡矣！故虽处忧患困穷，而志不屈。收书既成，归来堂起书库大厨，簿甲乙[39]，置书册。如要讲读，即请钥上簿，关出卷帙[40]。或少损污，必惩责揩完涂改，不复向时之坦夷也[41]。是欲求适意，而反取憀栗[42]。余性不耐，始谋食去重肉[43]，衣去重采[44]，首无明珠翡翠之饰，室无涂金刺绣之具。遇书史百家，字不刓缺[45]，本不讹谬者，辄市之，储作副本。自来家传《周易》《左氏传》，故两家者流，文字最备。于是几案罗列，枕席枕藉[46]，意会心谋，目往神授[47]，乐在声色狗马之上。

注释

[30] 屏（bǐng）居：退隐。乡里：即赵明诚与李清照所居之青州（今属山东），赵挺之有旧宅在此。

[31] 仰取俯拾：指持家勤俭。语出《史记·货殖列传》："鲁人俗俭啬，而曹邴氏尤甚。以铁冶起，富至巨万，然家自父兄子孙约：俯有拾，仰有取。"

[32] 连守两郡：赵明诚先后任莱州、淄州知州。

[33] 铅椠（qiàn）：古代书写工具，"铅"为用来修订的铅粉笔，"椠"为用来书写的木板，此处指校订、抄写。

[34] 此句通行本"正"作"整"。

[35] 彝：古代宗庙所用礼器。

[36] 率（lǜ）：限度。

[37] 归来堂：赵明诚、李清照夫妇居青州时宅第厅堂名，取陶渊明《归去来兮辞》意。

[38] 角（jué）：较量。

[39] 簿：登记。甲乙：排次序，编号。

[40] 关：领取。卷帙：书籍。

[41] 坦夷：随意。

[42] 憀（liáo）栗：不安。

[43] 重（chóng）肉：两个荤菜。

[44] 重采：多种色彩的华美衣服。

[45] 刓（wán）缺：磨损残缺。

[46] 枕藉：杂乱堆积。

[47] 神授：神往。

至靖康丙午岁[48]，侯守淄川[49]，闻金人犯京师，四顾茫然，盈箱溢箧[50]，且恋恋，且怅怅，知其必不为己物矣。建炎丁未春三月[51]，奔太夫人丧南来[52]，既长物不能尽载[53]，乃先去书之重大印本者，又去画之多幅者，又去古器之无款识者。后又去书之监本者[54]，画之平常者，器之重大者。凡屡减去，尚载书十五车。至东海[55]，连舻渡淮[56]，又渡江，至建康[57]。青州故第，尚锁书册什物，用屋十余间，期明年春再具舟载之[58]。十二月，金人陷青州，凡所谓十余屋者，已皆为煨烬矣[59]。

注释

[48] 靖康丙午岁：宋钦宗靖康元年（1126）。
[49] 淄川：北宋淄州治所，今为山东淄博市淄川区。
[50] 箧（qiè）：小箱子。
[51] 建炎丁未：宋高宗建炎元年（1127）。
[52] 太夫人：指赵明诚母。
[53] 长（zhàng）物：多余之物。
[54] 监本：国子监刻印的版本，乃通行本，易得。
[55] 东海：即海州，今江苏连云港市一带。
[56] 舻：船。
[57] 建康：今江苏南京市。
[58] 具：准备。
[59] 煨（wēi）烬：灰烬。

建炎戊申秋九月[60]，侯起复知建康府[61]。己酉春三月罢[62]，具舟上芜湖[63]，入姑孰[64]，将卜居赣水上[65]。夏五月，至池阳[66]，被旨知湖州[67]，过阙上殿[68]。遂驻池阳[69]，独赴召。六月十三日，始负担舍舟，坐岸上，葛衣岸巾[70]，精神如虎，目光烂烂射人，望舟中告别。余意甚恶[71]，呼曰："如传闻城中缓急[72]，奈何？"戟手遥应曰[73]："从众。必不得已，先弃辎重[74]，次衣被，次书册卷轴，次古器；独所谓宗器者[75]，可自负抱，与身俱存亡，勿忘也！"遂驰马去。涂中奔驰，冒大暑，感疾。至行在[76]，病痁[77]。七月末，书报卧病。余惊怛[78]，念侯性素急，奈何病痁，或热，必服寒药，疾可忧。遂解舟下，一日夜行三百里。比至，果大服柴胡、黄芩药[79]，疟且痢，病危在膏肓[80]。余悲泣，仓皇不忍问后事。八月十八日，遂不起，取笔作诗，绝笔而终，殊无分香卖屦[81]之意。葬毕，余无所之[82]。

注释

[60] 建炎戊申：建炎二年（1128）。
[61] 起复：居丧未满期而应召任用。知建康府：任建康知府。
[62] 己酉：建炎三年（1129）。
[63] 芜湖：今安徽芜湖市。
[64] 姑孰：今安徽马鞍山市当涂县。
[65] 卜居：择居。赣水：即江西的赣江。
[66] 池阳：今安徽池州市贵池区。
[67] 湖州：今浙江湖州市。
[68] 过阙上殿：指朝见皇帝。
[69] 此句通行本"驻"后多一"家"字。
[70] 葛衣：葛布制作的夏衣。岸巾：露出前额的头巾。

[71] 意甚恶：心情很差。

[72] 缓急：偏义复词，指危急。

[73] 戟手：伸出食指和中指指点。

[74] 弃：通行本作“去”。辎重：行李。

[75] 宗器：宗庙祭器。宗，刻本误作“宋”。

[76] 行在：皇帝出行所在处。在此指建康。

[77] 痁（shān）：疟疾。

[78] 惊怛（dá）：惊恐。

[79] 柴胡、黄芩（qín）：均为退热的中药。

[80] 膏肓（huāng）：心、膈之间，药力不达，病不可治。《左传·成公十年》：“疾不可为也。在肓之上，膏之下，攻之不可，达之不及，药不至焉，不可为也。”

[81] 分香卖屦（jù）：指顾念妻室，就家事留遗嘱。曹操《遗令》：“余香可分与诸夫人，不命祭。诸舍中（指姬妾）无所为，可学作组履卖也。”屦，鞋。

[82] 之：前往。

朝廷已分遣六宫[83]，又传江当禁渡。时犹有书二万卷，金石刻二千卷，器皿、茵褥可待百客[84]，他长物称是[85]。余又大病，仅存喘息。事势日迫，念侯有妹婿，任兵部侍郎，从卫在洪州[86]，遂遣二故吏[87]，先部送行李往投之[88]。冬十二月，金人陷洪州，遂尽委弃。所谓连舻渡江之书，又散为云烟矣。独余少轻小卷轴书帖，写本李、杜、韩、柳集[89]，《世说》《盐铁论》[90]，汉唐石刻副本数十轴，三代鼎鼐十数事[91]，南唐写本书数箧，偶病中抱玩，搬在卧内者，岿然独存[92]。

注释

[83] 六宫：指皇后妃嫔。
[84] 器皿：餐具。茵褥：卧具。
[85] 称（chèn）是：数量与之相当。
[86] 从卫：担任侍从、护卫。洪州：今江西南昌市。其时，隆祐太后率六宫及疏散官员移驻洪州。
[87] 故吏：指赵明诚的属下。
[88] 部送：护送。
[89] 李、杜、韩、柳集：唐代文学家李白、杜甫、韩愈、柳宗元的作品集。
[90]《世说》：即《世说新语》，南朝宋刘义庆著。《盐铁论》：汉代桓宽著。
[91] 鼐（nài）：大鼎。十数事：十余种。
[92] 岿（kuī）然独存：指遭遇劫难或变故后幸存者。汉王延寿《鲁灵光殿赋》："自西京未央、建章之殿，皆见隳（huī）坏，而灵光岿然独存。"

上江既不可往[93]，又敌势叵测[94]，有弟迒任敕局删定官[95]，遂往依之。到台[96]，台守已遁之剡[97]。出陆[98]，又弃衣被走黄岩[99]，雇舟入海，奔行在[100]，时驻跸章安[101]。从御舟海道之温[102]，又之越[103]。庚戌十二月[104]，放散百官，遂之衢[105]。绍兴辛亥春三月[106]，复赴越；壬子[107]，又赴杭。

注释

[93] 上江：指今安徽以上长江上游地区。此处指江西。
[94] 叵（pǒ）：不可。
[95] 迒（háng），即李清照异母弟李迒。敕（chì）局：即编修敕令所，掌管收集诏令、编辑成书。
[96] 台（tāi）：即台州，治所在今浙江临海市。
[97] 剡（shàn）：剡县，今浙江嵊州市。

[98] 出陆：走陆路。陆，刻本误作“睦”。
[99] 黄岩：今浙江台州市黄岩区。
[100] 行在：通行本作“行朝”。
[101] 驻跸（bì）：皇帝出行暂住。章安：今浙江台州市椒江区。
[102] 温：温州，治所在今浙江温州市。
[103] 越：越州，治所在今浙江绍兴市。
[104] 庚戌：建炎四年（1130）。
[105] 衢（qú）：衢州，治所在今浙江衢州市。
[106] 绍兴辛亥：宋高宗绍兴元年（1131）。
[107] 壬子：绍兴二年（1132）。

先侯疾亟时[108]，有张飞卿学士携玉壶过视侯，便携去，其实珉也[109]。不知何人传道，遂妄言有颁金之语[110]，或传亦有密论列者[111]。余大惶怖，不敢言，遂[112]尽将家中所有铜器等物，欲赴外廷投进[113]。到越，已移幸四明[114]。不敢留家中，并写本书寄剡。后官军收叛卒取去，闻尽人故李将军家。所谓岿然独存者，无虑十去五六矣[115]。惟有书画砚墨，可五七簏[116]，更不忍置他所，常在卧榻下，手自开阖。在会稽[117]，卜居土民钟氏舍。忽一夕，穴壁负五簏去[118]。予悲恸不已[119]，重立赏收赎。后二日，邻人钟复皓出十八轴求赏，故知其盗不远矣。万计求之，其余遂不可出[120]，今知尽为吴说运使贱价得之[121]。所谓岿然独存者，乃十去其七八。所有一二残零不成部帙书册，三数种平平书帖，犹复爱惜如护头目，何愚也耶！

注释

[108] 疾亟：病危。
[109] 珉（mín）：似玉的石头。
[110] 颁金：颁赠金人。
[111] 论列：检举。
[112] 此处通行本无“遂”字，多出“亦不敢遂已”一句。
[113] 外廷：朝廷。
[114] 四明：即明州，治所在今浙江宁波市。
[115] 无虑：大约。
[116] 簏（lù）：竹箱。
[117] 会稽：今浙江绍兴市。
[118] 穴：打洞。
[119] 已：通行本作“得活”。
[120] 此句通行本“遂”后多一“牢”字。
[121] 吴说（yuè）：宋代著名书法家。时任福建路转运判官。

今日忽阅此书，如见故人。因忆侯在东莱静治堂[122]，装卷初就，芸签缥带[123]，束十卷作一帙。每日晚吏散，辄校勘二卷，跋题一卷。此二千卷，有题跋者五百二卷耳。今手泽如新，而墓木已拱[124]，悲夫！昔萧绎江陵陷殁[125]，不惜国亡而毁裂书画；杨广江都倾覆[126]，不悲身死而复取图书。岂人性之所著[127]，死生不能忘之欤[128]？或者天意以余菲薄[129]，不足以享此尤物耶[130]？抑亦死者有知，犹斤斤爱惜，不肯留在人间耶？何得之艰而失之易也！

注释

[122] 东莱：即莱州，治所在今山东莱州。静治堂：赵明诚任莱州知府宅邸中的书斋名。

[123] 芸签：用芸草制成的书签。缥（piǎo）带：用来束扎卷轴的淡青色带子。

[124] 墓木已拱：指去世已久。语出《左传·僖公三十二年》："尔何知？中寿，尔墓之木拱矣。"拱，两手合围。

[125] 萧绎：梁元帝萧绎于公元 555 年在江陵（今湖北江陵县）被杀。西魏破城前，元帝"聚图书十余万卷尽烧之"（见《南史·梁元帝纪》）。通行本"殁"作"没"。

[126] 杨广：隋炀帝杨广于大业十四年（618）在江都（今江苏扬州市）被杀。《大业拾遗》记其于唐太祖武德四年（621），当藏于洛阳观文殿的八千多卷新书要运往长安时显灵，大风翻船，一卷无存，炀帝却喜曰："我已得书。"（据《太平广记》卷二八〇《炀帝》）

[127] 著（zhuó）：迷恋。

[128] 死生：通行本作"生死"。

[129] 菲薄：指鄙陋。

[130] 尤物：珍奇之物。

呜呼！余自少陆机作赋之二年[131]，至过蘧瑗知非之两岁[132]，三十四年之间，忧患得失，何其多也！然有有必有无，有聚必有散，乃理之常。人亡弓[133]，人得之，又胡足道？所以区区记其终始者，亦欲为后世好古博雅者之戒云。

绍兴二年玄黓岁壮月朔甲寅[134]，易安室题。

注释

[131] 少陆机作赋之二年：指十八岁。杜甫《醉歌行》："陆机二十作文斌。"

[132] 过蘧（qú）瑗（yuàn）知非之两岁：指五十二岁。蘧瑗，字伯玉，春秋卫国大夫。《淮南子·原道训》："蘧伯玉年五十，而知四十九年非。"

[133] 人亡弓：《孔子家语·好生》："楚王出游，亡弓。左右请求之。王曰：'止。楚王失弓，楚人得之，又何求之？'孔子闻之，惜乎其不大也。不曰'人遗弓，人得之'而已，何必楚也！"

[134] 绍兴二年：即公元1132年。玄黓（yì）：《尔雅：释天》："太岁……在壬曰玄黓。"绍兴二年为壬子年。壮月：八月。朔甲寅：绍兴二年八月初一应为戊子，疑有误。

金石録後序

右金石録三十卷者何趙侯德父所著書也取上自
三代下訖五季鐘鼎甗鬲盤匜尊敦之款識豐碑大
碣顯人晦士之事跡凡見于金石刻者二千卷皆是
正譌謬去取褒貶上足以合聖人之道下足以訂史
氏之失者皆載之可謂多矣嗚呼自王播元載之禍
書畫與胡椒無異長輿元凱之病錢癖與傳癖何殊
名雖不同其惑一也余建中辛巳始歸趙氏時先君

右金石录三十卷者何赵侯德父所著书也取上自
三代下迄五季钟鼎甗鬲盘匜尊敦之款识丰碑大
碣显人晦士之事迹凡见于金石刻者二千卷皆是
正讹谬去取褒贬上足以合圣人之道下足以订史
氏之失者皆载之可谓多矣呜呼自王播元载之祸
书画与胡椒无异长舆元凯之病钱癖与传癖何殊
名虽不同其惑一也余建中辛巳始归赵氏时先君

作禮部員外郎丞相時作吏部侍郎侯年二十一在太學作學生趙李族寒素貧儉每朔望謁告出質衣取半千錢步入相國寺市碑文果實歸相對展玩咀嚼自謂葛天氏之民也後二年出仕宦便有飯蔬衣綀窮遐方絶域盡天下古文奇字之志日就月將漸益堆積丞相居政府親舊或在館閣多有亡詩逸史魯壁汲冢所未見之書遂力傳寫浸覺有味不能自已後或見古今名人書畫三代奇器亦復脱衣市

作礼部员外郎丞相时作吏部侍郎侯年二十一在
太学作学生赵李族寒素贫俭每朔望谒告出质衣
取半千钱步入相国寺市碑文果实归相对展玩咀
嚼自谓葛天氏之民也后二年出仕宦便有饭蔬
衣练穷遐方绝域尽天下古文奇字之志日就月将
渐益堆积丞相居政府亲旧或在馆阁多有亡诗逸
史鲁壁汲冢所未见之书遂力传写浸觉有味不能
自已后或见古今名人书画三代奇器亦复脱衣市

易嘗記崇寧間有人持徐熙牡丹圖求錢二十萬當時雖貴家子弟求二十萬錢豈易得耶留信宿計無所出而還之夫婦相向惋悵者數日後屏居鄉里十年仰取俯拾衣食有餘連守兩郡竭其俸入以事鉛槧每獲一書即同共勘校正集籤題得書畫彝鼎亦摩玩舒卷指摘疵病夜盡一燭為率故能紙札精緻字畫完整冠諸收書家余性偶强記每飯罷坐歸來堂烹茶指堆積書史言某事在某書某卷第幾葉第

易尝记崇宁间有人持徐熙牡丹图求钱二十万当
时虽贵家子弟求二十万钱岂易得耶留信宿计无
所出而还之夫妇相向惋怅者数日后屏居乡里十
年仰取俯拾衣食有余连守两郡竭其俸入以事铅
椠每获一书即同共勘校正集签题得书画彝鼎亦
摩玩舒卷指摘疵病夜尽一烛为率故能纸札精致
字画完整冠诸收书家余性偶强记每饭罢坐归来
堂烹茶指堆积书史言某事在某书某卷第几叶第

幾行以中否角勝負為飲茶先後中即舉盃大笑至茶傾覆懷中反不得飲而起甘心老是鄉矣故雖處憂患困窮而志不屈収書既成歸來堂起書庫大廚簿甲乙置書冊如要講讀即請鑰上簿關出卷帙或少損污必懲責揩完塗改不復向時之坦夷也是欲求適意而反取憀慄余性不耐始謀食去重肉衣去重采首無明珠翡翠之飾室無塗金刺繡之具遇書史百家字不刓缺本不訛謬者輒市之儲作副本自

几行以中否角胜负为饮茶先后中即举杯大笑至
茶倾覆怀中反不得饮而起甘心老是乡矣故虽处
忧患困穷而志不屈收书既成归来堂起书库大厨
簿甲乙置书册如要讲读即请钥上簿关出卷帙或
少损污必惩责揩完涂改不复向时之坦夷也是欲
求适意而反取憀栗余性不耐始谋食去重肉衣去
重采首无明珠翡翠之饰室无涂金刺绣之具遇书
史百家字不刓缺本不讹谬者辄市之储作副本自

來家傳周易左氏傳故兩家者流文字最備于是几
案羅列枕席枕藉意會心謀目徃神授樂在聲色狗
馬之上至靖康丙午歲侯守淄川聞金人犯京師四
顧茫然盈箱溢篋且戀戀且悵悵知其必不為己物
矣建炎丁未春三月犇太夫人喪南來既長物不能
盡載迺先去書之重大印本者又去畫之多幅者又
去古器之無款識者後又去書之監本者畫之平常
者器之重大者凡屢減去尚載書十五車至東海連

来家传周易左氏传故两家者流文字最备于是几

案罗列枕席枕藉意会心谋目往神授乐在声色狗

马之上至靖康丙午岁侯守淄川闻金人犯京师四

顾茫然盈箱溢箧且恋恋且怅怅知其必不为己物

矣建炎丁未春三月奔太夫人丧南来既长物不能

尽载乃先去书之重大印本者又去画之多幅者又

去古器之无款识者后又去书之监本者画之平常

者器之重大者凡屡减去尚载书十五车至东海连

艫渡淮又渡江至建康青州故第尚鎖書冊什物用屋十餘間期明年春再具舟載之十二月金人陷青州凡所謂十餘屋者已皆為煨燼矣建炎戊申秋九月侯起復知建康府己酉春三月罷具舟上蕪湖入姑孰將卜居贛水上夏五月至池陽被旨知湖州過闕上殿遂駐池陽獨赴召六月十三日始負擔捨舟坐岸上葛衣岸巾精神如虎目光爛爛射人望舟中告別余意甚惡呼曰如傳聞城中緩急奈何戟手遥

舻渡淮又渡江至建康青州故第尚锁书册什物用屋十余间期明年春再具舟载之十二月金人陷青州凡所谓十余屋者已皆为煨烬矣建炎戊申秋九月侯起复知建康府己酉春三月罢具舟上芜湖入姑孰将卜居赣水上夏五月至池阳被旨知湖州过阙上殿遂驻池阳独赴召六月十三日始负担舍舟坐岸上葛衣岸巾精神如虎目光烂烂射人望舟中告别余意甚恶呼曰如传闻城中缓急奈何戟手遥

應曰從衆必不得已先棄輜重次衣被次書冊卷軸次古器獨所謂宗器者可自負抱與身俱存亡勿忘也遂馳馬去塗中奔馳冒大暑感疾至行在病痁七月末書報卧病余驚怛念侯性素急奈何病痁或熱必服寒藥疾可憂遂解舟下一日夜行三百里比至果大服柴胡黄芩藥瘧且痢病危在膏肓余悲泣倉皇不忍問後事八月十八日遂不起取筆作詩絶筆而終殊無分香賣屨之意葬畢余無所之朝廷已分

应曰从众必不得已先弃辎重次衣被次书册卷轴次古器独所谓宗器者可自负抱与身俱存亡勿忘也遂驰马去涂中奔驰冒大暑感疾至行在病痁七月末书报卧病余惊怛念侯性素急奈何病痁或热必服寒药疾可忧遂解舟下一日夜行三百里比至果大服柴胡黄芩药疟且痢病危在膏肓余悲泣仓皇不忍问后事八月十八日遂不起取笔作诗绝笔而终殊无分香卖屦之意葬毕余无所之朝廷已分

遺六宮又傳江當禁渡時猶有書二萬卷金石刻二千卷器皿茵褥可待百客他長物稱是余又大病僅存喘息事勢日迫念侯有妹婿任兵部侍郎從衛在洪州遂遣二故吏先部送行李往投之冬十二月金人陷洪州遂盡委棄所謂連艫渡江之書又散為雲烟矣獨餘少輕小卷軸書帖寫本李杜韓柳集世說鹽鐵論漢唐石刻副本數十軸三代鼎鼐十數事南唐寫本書數篋偶病中抱玩搬在卧内者巋然獨存

遣六宫又传江当禁渡时犹有书二万卷金石刻二
千卷器皿茵褥可待百客他长物称是余又大病仅
存喘息事势日迫念侯有妹婿任兵部侍郎从卫在
洪州遂遣二故吏先部送行李往投之冬十二月金
人陷洪州遂尽委弃所谓连舻渡江之书又散为云
烟矣独余少轻小卷轴书帖写本李杜韩柳集世说
盐铁论汉唐石刻副本数十轴三代鼎鼐十数事南
唐写本书数箧偶病中抱玩搬在卧内者岿然独存

上江既不可往又敵勢叵測有弟迒任勅局删定官
遂往依之到台台守已遁之剡出睦又棄衣被走黃
岩雇舟入海犇行在時駐蹕章安從御舟海道之溫
又之越庚戌十二月放散百官遂之衢紹興辛亥春
三月復赴越壬子又赴杭先侯疾亟時有張飛卿學
士攜玉壺過視侯便攜去其實珉也不知何人傳道
遂妄言有頒金之語或傳亦有密論列者余大惶怖
不敢言遂盡將家中所有銅器等物欲赴外廷投進

上江既不可往又敌势叵测有弟迒任敕局删定官
遂往依之到台台守已遁之剡出陆又弃衣被走黄
岩雇舟入海奔行在时驻跸章安从御舟海道之温
又之越庚戌十二月放散百官遂之衢绍兴辛亥春
三月复赴越壬子又赴杭先侯疾亟时有张飞卿学
士携玉壶过视侯便携去其实珉也不知何人传道
遂妄言有颁金之语或传亦有密论列者余大惶怖
不敢言遂尽将家中所有铜器等物欲赴外廷投进

到越已移幸四明不敢留家中并寫本書寄剡後官
軍收叛卒取去聞盡入故李將軍家所謂巋然獨存
者無慮十去五六矣惟有書畫硯墨可五七簏更不
忍置他所常在卧榻下手自開闔在會稽卜居土民
鍾氏舍忽一夕穴壁負五簏去予悲慟不已重立賞
收贖後二日鄰人鍾復皓出十八軸求賞故知其盜
不遠矣萬計求之其餘遂不可出今知盡為吳說運
使賤價得之所謂巋然獨存者迺十去其七八所有

到越已移幸四明不敢留家中并写本书寄剡后官

军收叛卒取去闻尽入故李将军家所谓岿然独存

者无虑十去五六矣惟有书画砚墨可五七簏更不

忍置他所常在卧榻下手自开阖在会稽卜居土民

钟氏舍忽一夕穴壁负五簏去予悲恸不已重立赏

收赎后二日邻人钟复皓出十八轴求赏故知其盗

不远矣万计求之其余遂不可出今知尽为吴说运

使贱价得之所谓岿然独存者乃十去其七八所有

一二殘零不成部帙書冊三數種平平書帖猶復愛惜如護頭目何愚也耶今日忽閱此書如見故人因憶侯在東萊靜治堂裝卷初就芸籤縹帶束十卷作一帙每日晚吏散輒校勘二卷跋題一卷此二千卷有題跋者五百二卷耳今手澤如新而墓木已拱悲夫昔蕭繹江陵陷沒不惜國亡而毀裂書畫楊廣江都傾覆不悲身死而復取圖書豈人性之所著死生不能忘之歟或者天意以余菲薄不足以享此尤物

一二残零不成部帙书册三数种平平书帖犹复爱
惜如护头目何愚也耶今日忽阅此书如见故人因
忆侯在东莱静治堂装卷初就芸签缥带束十卷作
一帙每日晚吏散辄校勘二卷跋题一卷此二千卷
有题跋者五百二卷耳今手泽如新而墓木已拱悲
夫昔萧绎江陵陷殁不惜国亡而毁裂书画杨广江
都倾覆不悲身死而复取图书岂人性之所著死生
不能忘之欤或者天意以余菲薄不足以享此尤物

耶抑亦死者有知猶斤斤愛惜不肯留在人間耶何得之艱而失之易也嗚呼余自少陸機作賦之二年至過蘧瑗知非之兩歲三十四年之間憂患得失何其多也然有有必有無有聚必有散乃理之常人亡弓人得之又胡足道所以區區記其終始者亦欲為後世好古博雅者之戒云紹興二年玄黓歲壯月朔

甲寅易安室題

耶抑亦死者有知犹斤斤爱惜不肯留在人间耶何得之
艰而失之易也呜呼余自少陆机作赋之二年至过蘧瑗
知非之两岁三十四年之间忧患得失何其多也然有有
必有无有聚必有散乃理之常人亡弓人得之又胡足道
所以区区记其终始者亦欲为后世好古博雅者之戒云
绍兴二年玄黓岁壮月朔甲寅易安室题

包背装

蝴蝶装的书叶是向内折的，这对保护框内文字无疑是有好处的。但在翻阅书籍时，每看一版都要经过两个空白的背面，而且书脊仅以糨糊粘连，容易散乱。针对蝴蝶装的弊病，一种便于翻阅且更加牢固的新装帧形式出现了。

包背装一反蝴蝶装倒折书叶的方法，将印好的书叶正折，使版心所在的折边朝左向外，文字也向外，书叶左右两边的框外余幅向右对齐成为书脊；然后，将折好的书叶按顺序排好，以朝左的折边为准戳齐、压稳；再在右边框外余幅上打眼，用纸捻订起砸平；之后裁齐右边余幅的边沿，形成书脊；用一张硬厚整纸作为封皮，以糨糊粘包书背（脊）；最后裁齐天头地脚及封面的左边，一册包背装的书籍就算装帧完毕了。这种装帧主要是包裹书背，所以称为包背装，也称为“裹背装”。

从外表看，包背装很像现代的平精装。包背装解决了蝴蝶装的部分弊病，但这种装帧只是便于收藏，仍然经不起反复翻阅。为了解决这个问题，一种新的装订方法又慢慢孕育并逐渐兴盛起来，这就是线装。

项脊轩记

归有光

归有光（1507—1571），字熙甫，号震川，昆山（今属江苏）人。虽擅长八股，科场中并不顺利，直到去世前六年方才中进士。主要生涯为讲学授徒，有《震川先生集》传世。

明代文坛旗帜林立，可真正对清人有正面影响的，是当初并不怎么风光的归有光。归氏对其时自谓欲追秦汉、实则“以琢句为工”的文学风尚甚不以为然，尤其反感时人争相附和主文坛之“妄庸人”（参见归有光《项思尧文集序》《与沈敬甫》）。不喜今世之文而独好《史记》，这点并不稀奇；推崇唐宋文章，则明显与师法秦汉的王世贞辈相左。钱谦益称归氏学太史公书能得其风神脉理，并记徐渭、王世贞将其比诸欧阳修（《列朝诗集小传》丁集中“震川先生归有光”则），可见明清之际归氏文名已渐著。但使得归有光成为有明一代文章代表的，还有赖于桐城派所建立起来的“文统”——归氏成了桐城派上接唐宋八大家的中间环节，难怪其文章在清代备受推崇。

所谓归文“原本六经”云云，那只是门面话，归有光真正下功夫钻研的是《史记》。其《史记评点》虽只施圈点而未加评语，但颇能显示司马迁的微言大义以及精神意脉，实系精心结撰之作。远尊司马迁、近学欧阳修，此乃归氏以及唐宋派诸家的共同取向。这种选择决定了归氏为文，长于叙事而短于议论，多委婉缠绵之笔，而少刚直奇崛之气。若《项脊轩记》《先妣事略》《寒花葬志》《筠溪翁传》等，叙家庭及朋友间琐细事，情景逼真，极有韵味。以三五细节写活一个人物，力求于平淡处见真性情。表面上不讲字斟句酌，大有信笔写来不事雕琢的意味，实则着意于积蓄情感、渲染氛围，其抚今追昔不胜感慨处尤为动人。黄宗羲称“予读震川文之为女妇者，一往深情，每以一二细事见之，使人欲涕”（《张节母叶孺人墓志铭》），确实说到了归文的好处。此等以细节显风韵见真情的笔法，除了上承司马迁和欧阳修，很大程度属于引小说入古文。

以古文名家而“尚不能出小说家伎俩”，这在讲求笔墨雅驯的清人眼中，起码是个毛病。可严格说来，不只归有光、侯方域有此倾向，方苞也“难辞其咎”。作者本人或许不曾留意当时已蔚为奇观的小说，可深研《史记》的结果，描摹人物时笔法与小说家极为相似。黄宗羲就曾指出“小说家伎俩”同样源于太史公，古文家没必要划地为牢：

> 叙事须有风韵，不可担板。今人见此，遂以为小说家伎俩。不观《晋书》《南北史》列传，每写一二无关系之事，使其人之精神生动，此颊上三毫也。史迁伯夷、孟子、屈贾等传，俱以风韵胜；其填《尚书》《国策》者，稍觉担板矣。（黄宗羲《论文管见》）

归氏追怀往事、哀悼亲友的文章之所以动人，文笔清纯淡雅倒在其次，关键在擅长捕捉最能体现人物性情的细节。在这一点上，归氏无意中沟通了小说与古文。出于傲慢与偏见，此后的古文家仍不愿与难登大雅之堂的小说结缘；可归有光开了个很好的先例，不妨借途太史公——实际上，《史记》也确是中国叙事文学之祖。

归有光不只沟通了小说与古文，也沟通了时文与古文。归氏以八股名家，清人论证时文之价值时，常以之为例。这其实是归氏不幸之处——其文章之格局小、气势弱，正源于此。章学诚称归有光“所以砥柱中流者，特以文从字顺，不汩没于流俗”，可惜不能“闳中肆外”；原因在于其制艺乃“百世不祧之大宗”，用时文眼光读《史记》，故只学得“疏宕顿挫”（《文史通义·文理》）。其五色圈点《史记》，虽有所得，只是趣味近于时文，且开后世描摹浅陋之习，为大雅所不取。晚清蒋湘南鄙薄桐城文章之以时文为古文，追根溯源，指斥归有光、唐顺之、茅坤因工于功令文而大讲“伸缩剪裁法”，使得真正的古文失传。其结果是：

> 诸君子以八家之法为功令文，故其功令文最古；诸君子遂以功令文之法为古文，故其古文最不古。（蒋湘南《与田叔子论古文书》）

桐城中人也有对归氏古文中的时文气息颇为不满者，不过表述可就委婉多了。比如，刘开称归氏学《史》、《汉》、欧、曾有得，文章可传，“然不能进于古者，时艺太精之过也”（《与阮芸台宫保论文书》）；吴敏树也感叹归氏老困场屋，且因授业关系无法一意古文，“借使归氏不生于明，而出于唐贞元、宋庆历之间，无分其力，而穷一生以成其文，岂在李翱、曾巩之后哉！”（《归震川文集别钞序》）

项脊轩[1]，旧南阁子也[2]。室仅方丈[3]，可容一人居。百年老屋，尘泥渗漉[4]，雨泽下注；每移案[5]，顾视无可置者[6]。又北向，不能得日，日过午已昏。余稍为修葺[7]，使不上漏。前辟四窗，垣墙周庭[8]，以当南日，日影反照，室始洞然[9]。又杂植兰桂竹木于庭，旧时栏楯[10]，亦遂增胜。积书满架，偃仰啸歌，冥然兀坐[11]，万籁有声[12]。而庭阶寂寂，小鸟时来啄食，人至不去。三五之夜[13]，明月半墙，桂影斑驳，风移影动，珊珊可爱[14]。

注释

[1] 项脊轩：归有光书斋名。归有光远祖、宋代归道隆居太仓（今属江苏）项脊泾，取名有追怀先祖之意。

[2] 旧：原来的。阁子：小屋。

[3] 方丈：一丈见方。

[4] 渗漉：渗滴。

[5] 案：书案。

[6] 顾视：环顾四周。

[7] 修葺（qì）：修缮。

[8] 垣：矮墙。周：环绕。

[9] 洞然：明亮的样子。

[10] 栏楯（shǔn）：栏杆。

[11] 冥然：静默的样子。兀坐：独自端坐。

[12] 籁：从孔穴发出的声音。

[13] 三五之夜：农历十五的夜晚。

[14] 珊珊：缓缓移动的样子。

然予居于此，多可喜，亦多可悲。先是庭中通南北为一。迨诸父异爨[15]，内外多置小门墙，往往而是。东犬西吠，客逾庖而宴[16]，鸡栖于厅。庭中始为篱，已为墙[17]，凡再变矣。家有老妪[18]，尝居于此。妪，先大母婢也[19]，乳二世，先妣抚之甚厚[20]。室西连于中闺[21]，先妣尝一至。妪每谓予曰："某所，而母立于兹[22]。"妪又曰："汝姊在吾怀[23]，呱呱而泣[24]；娘以指叩门扉曰：'儿寒乎？欲食乎？'吾从板外相为应答。"语未毕，余泣，妪亦泣。余自束发读书轩中[25]，一日，大母过余曰："吾儿，久不见若影[26]，何竟日默默在此[27]，大类女郎也？"比去[28]，以手阖门，自语曰："吾家读书久不效，儿之成，则可待乎！"顷之，持一象笏至[29]，曰："此吾祖太常公宣德间执此以朝[30]，他日汝当用之！"瞻顾遗迹[31]，如在昨日，令人长号不自禁[32]。

注释

[15] 迨：等到。诸父：伯父和叔父。异爨（cuàn）：分灶做饭，指分家。
[16] 逾：越过。庖：厨房。
[17] 已：随后。
[18] 老妪（yù）：老妇。
[19] 先大母：已去世的祖母。
[20] 先妣（bǐ）：已去世的母亲。
[21] 中闺：内室。
[22] 而：你。
[23] 汝：你。
[24] 呱（gū）呱：形容小儿哭声。
[25] 束发：古代男孩十五岁为成童之年，束发为髻。
[26] 若：你。

[27] 竟日：整日。
[28] 比：等到。
[29] 象笏（hù）：象牙制手板。古代大臣朝见君主时手执。
[30] 太常公：指归有光祖母的祖父夏昶，明成祖永乐年间进士，官至太常寺卿。宣德：明宣宗年号。
[31] 瞻顾：回忆。
[32] 长号（háo）：大声痛哭。

轩东故尝为厨，人往，从轩前过。余扃牖而居[33]，久之，能以足音辨人。轩凡四遭火，得不焚，殆有神护者[34]。

项脊生曰："蜀清守丹穴[35]，利甲天下[36]，其后秦皇帝筑女怀清台；刘玄德与曹操争天下，诸葛孔明起陇中[37]。方二人之昧昧于一隅也[38]，世何足以知之？余区区处败屋中[39]，方扬眉瞬目[40]，谓有奇景。人知之者，其谓与坎井之蛙何异[41]？"

注释

[33] 扃（jiōng）：关闭。牖（yǒu）：窗户。
[34] 殆：应当。
[35] 蜀清守丹穴：《史记·货殖列传》："巴寡妇清，其先得丹穴，而擅（独占）其利数世……（清）能守其业，用财自卫，不见侵犯。秦皇帝（秦始皇）以为贞妇而客（以客礼相待）之，为筑女怀清台。"丹穴：丹砂矿。
[36] 甲天下：天下第一。
[37] 陇：通"垄"，田垄。
[38] 昧昧：无声无息。
[39] 区区：渺小。败：破旧。
[40] 瞬目：眨眼。与"扬眉"均形容神采焕发。

[41] 坎井之蛙：《庄子·秋水》中述坎井之蛙向东海之鳖夸耀其快乐生活，后用以比喻见识浅陋者。

余既为此志[42]，后五年，吾妻来归[43]。时至轩中，从余问古事，或凭几学书[44]。吾妻归宁[45]，述诸小妹语曰："闻姊家有阁子，且何谓阁子也？"其后六年，吾妻死，室坏不修。其后二年，余久卧病无聊，乃使人复葺南阁子，其制稍异于前[46]。然自后余多在外，不常居。

庭有枇杷树，吾妻死之年所手植也，今已亭亭如盖矣[47]。

注释

[42] 志：此篇题目，通行本作"项脊轩志"。

[43] 归：女子出嫁。

[44] 几：小桌子。学书：学写字。

[45] 归宁：出嫁女子回娘家看望父母。

[46] 制：形制。

[47] 亭亭：高高挺立的样子。盖：伞。

线装

明朝中叶以后，社会文化进一步发展，书籍的流通翻阅也更加频繁了。书籍的装帧形式必须适应这种需要，做出相应的改变。于是，线装书兴盛起来。

线装与包背装在折叶方面没有任何区别，装订之前也要用纸捻固定书叶。不同之处在于，封皮纸要裁成与书叶大小一致的两张，前一张后一张，与书叶同时戳齐，再将天头地脚及右边剪齐，用重物压稳固定，最后打眼穿线装订。现在我们仍能见到大量的古籍线装书，多是四眼的装订形式，这种形式便是在明、清两代定型的。虽然后来又演化出六眼和八眼装订法，但四眼的基本格局却没有改变。

线装是我国书籍传统装帧技术集大成者，是最进步的装帧形式。它既便于翻阅，又不易破散，既有美观庄重的外形，又坚固耐用，因此流行了几百年。直到今天，若是用毛边纸、宣纸影印古籍，还是常常会采用这种形式，看上去庄重大方，古朴典雅。

項脊軒記

項脊軒舊南閤子也室僅方丈可容一人居百年老屋塵泥滲漉雨澤下注每移案顧視無可置者又北向不能得日日過午已昏余稍爲修葺使不上漏前闢四窗垣墻周庭以當南日日影反照室始洞然又雜植蘭桂竹木於庭舊時欄楯亦遂增勝積書滿架偃仰嘯歌冥然兀坐萬籟有聲而庭堦寂寂小鳥時來啄食人至不去三五之夜明月半墻桂影斑駁風移影動珊珊可愛然予居於此多可喜亦多可悲先是庭中通南北爲一迨諸父異爨內外多置小門墻往往而是東犬西吠客踰庖而宴雞棲於廳庭中始爲籬已爲墻凡再變矣家有老嫗嘗居於此嫗先大母婢也乳二世先妣撫之甚厚室西連於中閨先妣嘗一至嫗每謂予曰某所而母立於茲嫗又曰汝姊在吾懷呱呱而泣娘以指扣門扉曰兒寒乎欲食乎吾從板外相爲應答語未畢余泣嫗亦泣余自束髮讀書軒中一日大母過余曰吾兒久不見若影何竟日默默在此大類女郎也

项脊轩旧南阁子也室仅方丈可容一人居百年老屋尘泥渗漉雨泽下
注每移案顾视无可置者又北向不能得日日过午已昏余稍为修葺
使不上漏前辟四窗垣墙周庭以当南日日影反照室始洞然又杂植兰
桂竹木于庭旧时栏楯亦遂增胜积书满架偃仰啸歌冥然兀坐万籁有
声而庭阶寂寂小鸟时来啄食人至不去三五之夜明月半墙桂影斑驳
风移影动珊珊可爱然予居于此多可喜亦多可悲先是庭中通南北
为一迨诸父异爨内外多置小门墙往往而是东犬西吠客逾庖而宴
鸡栖于厅庭中始为篱已为墙凡再变矣家有老妪尝居于此妪先大
母婢也乳二世先妣抚之甚厚室西连于中闺先妣尝一至妪每谓予
曰某所而母立于兹妪又曰汝姊在吾怀呱呱而泣娘以指叩门扉曰儿
寒乎欲食乎吾从板外相为应答语未毕余泣妪亦泣余自束发读书轩
中一日大母过余曰吾儿久不见若影何竟日默默在此大类女郎也

比去以手闔門自語曰吾家讀書久不效兒之成則可待乎頃之持一象笏至曰此吾祖太常公宣德間執此以朝他日汝當用之瞻顧遺跡如在昨日令人長號不自禁軒東故嘗爲廚人往從軒前過余扃牖而居久之能以足音辨人軒凡四遭火得不焚殆有神護者項脊生曰蜀清守丹穴利甲天下其後秦皇帝築女懷清臺劉玄德與曹操爭天下諸葛孔明起隴中方二人之昧昧于一隅也世何足以知之余區區處敗屋中方揚眉瞬目謂有奇景人知之者其謂與埳井之蛙何異余既爲此志後五年吾妻來歸時至軒中從余問古事或憑几學書吾妻歸寧述諸小妹語曰聞姊家有閤子且何謂閤子也其後六年吾妻死室壞不修其後二年余久卧病無聊乃使人復葺南閤子其制稍異于前然自後余多在外不常居庭有枇杷樹吾妻死之年所手植也今已亭亭如蓋矣

比去以手阖门自语曰吾家读书久不效儿之成则可待乎顷之持一象笏至曰此吾祖太常公宣德间执此以朝他日汝当用之瞻顾遗迹如在昨日令人长号不自禁轩东故尝为厨人往从轩前过余扃牖而居久之能以足音辨人轩凡四遭火得不焚殆有神护者项脊生曰蜀清守丹穴利甲天下其后秦皇帝筑女怀清台刘玄德与曹操争天下诸葛孔明起陇中方二人之昧昧于一隅也世何足以知之余区区处败屋中方扬眉瞬目谓有奇景人知之者其谓与坎井之蛙何异余既为此志后五年吾妻来归时至轩中从余问古事或凭几学书吾妻归宁述诸小妹语曰闻姊家有阁子且何谓阁子也其后六年吾妻死室坏不修其后二年余久卧病无聊乃使人复葺南阁子其制稍异于前然自后余多在外不常居庭有枇杷树吾妻死之年所手植也今已亭亭如盖矣

童心说

李贽

李贽（1527—1602），号宏甫，又号卓吾，别号温陵居士，泉州晋江（今属福建）人。七十六岁时在通州（今属北京）被当朝以“敢倡乱道，惑世诬民”的罪名下狱致死。主要著作有《焚书》《续焚书》《藏书》《续藏书》等。

谈论公安三袁的文学主张，不能不涉及其精神先驱李贽。尽管焦竑之反拟古、徐渭之主独创、汤显祖之重灵性，都对三袁的文学观念有影响，但三袁终生师事的惟有李卓吾。中郎初识卓吾在万历十九年（1591），时年方二十四，正奔波举业，尚未有独立思想。第二年登进士第，第三年共伯修、小修至龙湖求师问学。兄弟三人中受卓吾影响最深的当属中郎，小修为其兄长所撰行状，对此有过准确且精彩的描述：

> 先生既见龙湖，始知一向掇拾陈言，株守俗见，死于古人语下，一段精光不得披露。至是浩浩焉如鸿毛之遇顺风，巨鱼之纵大壑。能为心师，不师于心；能转古人，不为古转。发为语言，一一从胸襟流出，盖天盖地，如象截急流，雷开蛰户，浸浸乎其未有涯也。（袁中道《吏部验封司郎中中郎先生行状》）

中郎本人也有不少关于卓吾的诗文书信，《锦帆集》中尺牍《李宏甫》最见性情："幸床头有《藏书》一部，愁可以破颜，病可以健脾，昏可以醒眼，有便莫惜佳示。"

卓吾思想启悟中郎处甚多，其中关系文学批评最深的，自然是"童心说"，以及由此开发出来的对于"发于情性，出乎自然"的"天下之至文"的追求。自王阳明提倡个人良知，动摇程朱理学的正统地位；泰州学派攻击道学圣教，更开启了怀疑反叛的思潮。将其时的思想反叛和文学革新挂钩，最重要的文献便是李贽的《童心说》。针对世上通行的"以假人言假言，而事假事、文假文"，李贽标榜"绝假纯真"的"童心"：

天下之至文，未有不出于童心焉者也。苟童心常存，则道理不行，闻见不立，无时不文，无人不文，无一样创制体格文字而非文者。诗何必古《选》，文何必先秦，降而为六朝，变而为近体，又变而为传奇，变而为院本，为杂剧，为《西厢曲》，为《水浒传》，为今之举子业，皆古今至文，不可得而时势先后论也。(《李温陵集》卷九《童心说》)

李贽对其时尚气壮如牛的赝古之士大不以为然，断言那些“依于理道合乎法度”者，“皆不可以语于天下之至文也”。批评拟古，非自李贽始；李贽的重要性在于提出作文可以不讲“结构之密，偶对之切”，而只管“夺他人之酒杯，浇自己之垒磈；诉心中之不平，感数奇于千载”(李贽《李温陵集》卷八《杂说》)。强调自家心境与性情，追求胸有郁积一吐为快，再加上文体代变的眼光，这些都直接启迪了公安派的“性灵说”。

龙洞山农叙《西厢》[1]，末语云："知者勿谓我尚有童心可也。"夫童心者，真心也。若以童心为不可，是以真心为不可也。夫童心者，绝假纯真，最初一念之本心也。若失却童心，便失却真心；失却真心，便失却真人。人而非真，全不复有初矣。童子者，人之初也；童心者，心之初也。夫心之初，曷可失也[2]？然童心胡然而遽失也[3]？

注释

[1] 龙洞山农：明代著名学者焦竑的别署，下引文出自《刻〈重校北西厢记〉序》。《西厢》：元代王实甫的《西厢记》。

[2] 曷：何。

[3] 胡然：为何。遽（jù）：匆促。

盖方其始也，有闻见从耳目而入，而以为主于其内而童心失。其长也，有道理从闻见而入，而以为主于其内而童心失。其久也，道理闻见日以益多，则所知所觉日以益广。于是焉又知美名之可好也，而务欲以扬之而童心失；知不美之名之可丑也，而务欲以掩之而童心失。夫道理闻见，皆自多读书、识义理而来也。古之圣人曷尝不读书哉？然纵不读书，童心固自在也；纵多读书，亦以护此童心而使之勿失焉耳，非若学者反以多读书、识义理而反障之也[4]。夫学者既以多读书识义理障其童心矣，圣人又何用多著书立言以障学人为耶？童心既障，于是发而为言语，则言语不由衷；见而为政事[5]，则政事无根柢；著而为文辞，则文辞不能达。非内含以章美也[6]，非笃实生辉光也[7]，欲求一句有德之言，卒不可得。所以者何？以童心既障，而以从外入者闻见道理为之心也。

注释

[4] 障：阻塞。
[5] 见（xiàn）：同“现”。
[6] 章：显露。
[7] 笃（dǔ）实：淳朴，真诚。

夫既以闻见道理为心矣，则所言者皆闻见道理之言，非童心自出之言也，言虽工，于我何与？岂非以假人言假言，而事假事、文假文乎！盖其人既假，则无所不假矣。由是而以假言与假人言，则假人喜；以假事与假人道，则假人喜；以假文与假人谈，则假人喜。无所不假，则无所不喜。满场是假，矮人何辩也[8]？然则虽有天下之至文[9]，其湮灭于假人而不尽见于后世者[10]，又岂少哉！何也？天下之至文，未有不出于童心焉者也。苟童心常存[11]，则道理不行，闻见不立，无时不文，无人不文，无一样创制体格文字而非文者。诗何必古《选》[12]，文何必先秦，降而为六朝，变而为近体[13]，又变而为传奇[14]，变而为院本[15]，为杂剧，为《西厢曲》[16]，为《水浒传》，为今之举子业[17]，皆古今至文，不可得而时势先后论也。故吾因是而有感于童心者之自文也，更说甚么六经，更说甚么《语》《孟》乎[18]！

注释

[8] 矮人何辩：此处以演戏为喻，矮人目光被遮挡，看不到戏，只能随声附和，无法分辨好坏。辩，通“辨”。

[9] 至文：最好的文章。

[10] 湮（yān）灭：埋没。

[11] 苟：如果。

[12]《选》：指南朝梁萧统所编《文选》，又称《昭明文选》。

[13] 近体：即近体诗，唐代成熟的律诗与绝句的通称。

[14] 传奇：指唐代传奇小说。

[15] 院本：金代行院演出所用戏曲脚本。

[16]《西厢曲》，即《西厢记》。

[17] 举子业：指科举考试的文章，即八股文。举子，科举考试的应试者。又，一本此下多出“大贤言圣人之道”一句。

[18]《语》《孟》：《论语》《孟子》。

夫六经、《语》、《孟》，非其史官过为褒崇之词[19]，则其臣子极为赞美之语，又不然，则其迂阔门徒、懵懂弟子[20]，记忆师说，有头无尾，得后遗前，随其所见，笔之于书。后学不察，便谓出自圣人之口也，决定目之为经矣，孰知其大半非圣人之言乎？纵出自圣人，要亦有为而发，不过因病发药，随时处方，以救此一等懵懂弟子、迂阔门徒云耳。药医假病，方难定执，是岂可遽以为万世之至论乎？然则六经、《语》、《孟》，乃道学之口实[21]，假人之渊薮也[22]，断断乎其不可以语于童心之言明矣。呜呼！吾又安得真正大圣人童心未曾失者而与之一言文哉！

注释

[19] 过：过分。

[20] 迂阔：不切实际。懵（měng）懂：糊涂。

[21] 道学：宋儒学说。口实：借口。

[22] 渊薮（sǒu）：原指鱼、兽聚居之地，借喻某种人或事物聚集处。

李溫陵集卷之九

海虞後學顧大郃仲恭校

雜述

童心說

龍洞山農敘西廂末語云知者勿謂我尚有童心可也夫童心者眞心也若以童心爲不可是以眞心爲不可也夫童心者絶假純眞最初一念之本心也若失却童心便失却眞心失却眞心便失却眞人人而非眞全不復有初矣童子者人之初也童心者心之

龙洞山农叙西厢末语云知者勿谓我尚有童心可
也夫童心者真心也若以童心为不可是以真心为
不可也夫童心者绝假纯真最初一念之本心也若
失却童心便失却真心失却真心便失却真人人而
非真全不复有初矣童子者人之初也童心者心之

初也夫心之初曷可失也然童心胡然而遽失也蓋方其始也有聞見從耳目而入而以爲主于其內而童心失其長也有道理從聞見而入而以爲主于其內而童心失其久也道理聞見日以益多則所知所覺日以益廣於是焉又知美名之可好也而務欲以揚之而童心失知不美之名之可醜也而務欲以掩之而童心失夫道理聞見皆自多讀書識義理而來也古之聖人曷嘗不讀書哉然縱不讀書童心固自在也縱多讀書亦以護此童心而使之勿失焉耳非

初也夫心之初曷可失也然童心胡然而遽失也盖方其始
也有闻见从耳目而入而以为主于其内而童心失其长
也有道理从闻见而入而以为主于其内而童心失其久
也道理闻见日以益多则所知所觉日以益广于是焉又
知美名之可好也而务欲以扬之而童心失知不美之名
之可丑也而务欲以掩之而童心失夫道理闻见皆自多读
书识义理而来也古之圣人曷尝不读书哉然纵不读书童
心固自在也纵多读书亦以护此童心而使之勿失焉耳非

若學者反以多讀書識義理而反障之也夫學者既
以多讀書識義理障其童心矣聖人又何用多著書
立言以障學人爲耶童心既障於是發而爲言語則
言語不由衷見而爲政事則政事無根抵著而爲文
辭則文辭不能達非内含以章美也非篤實生輝光
也欲求一句有德之言卒不可得所以者何以童心
既障而以從外入者聞見道理爲之心也夫既以聞
見道理爲心矣則所言者皆聞見道理之言非童心
自出之言也言雖工於我何與豈非以假人言假言

若学者反以多读书识义理而反障之也夫学者既以多读
书识义理障其童心矣圣人又何用多著书立言以障学
人为耶童心既障于是发而为言语则言语不由衷见而
为政事则政事无根柢著而为文辞则文辞不能达非内
含以章美也非笃实生辉光也欲求一句有德之言卒不
可得所以者何以童心既障而以从外入者闻见道理为之
心也夫既以闻见道理为心矣则所言者皆闻见道理之言
非童心自出之言也言虽工于我何与岂非以假人言假言

而事假事文假文乎蓋其人既假則無所不假矣由是而以假言與假人言則假人喜以假事與假人道則假人喜以假文與假人談則假人喜無所不假則無所不喜滿場是假矮人何辯也然則雖有天下之至文其湮滅于假人而不盡見于後世者又豈少哉何也天下之至文未有不出于童心焉者也苟童心常存則道理不行聞見不立無時不文無人不文無一樣創制體格文字而非文者詩何必古選文何必先秦降而為六朝變而為近體又變而為傳奇變而

而事假事文假文乎盖其人既假则无所不假矣由是而以
假言与假人言则假人喜以假事与假人道则假人喜以
假文与假人谈则假人喜无所不假则无所不喜满场是
假矮人何辩也然则虽有天下之至文其湮灭于假人而
不尽见于后世者又岂少哉何也天下之至文未有不出
于童心焉者也苟童心常存则道理不行闻见不立无时不
文无人不文无一样创制体格文字而非文者诗何必古选
文何必先秦降而为六朝变而为近体又变而为传奇变而

爲院本爲雜劇爲西廂曲爲水滸傳爲今之舉子業皆古今至文不可得而時勢先後論也故吾因是而有感于童心者之自文也更說甚麼六經更說甚麼語孟乎夫六經語孟非其史官過爲褒崇之詞則其臣子極爲贊美之語又不然則其迂闊門徒懵懂弟子記憶師說有頭無尾得後遺前隨其所見筆之於書後學不察便謂出自聖人之口也決定目之爲經矣孰知其大半非聖人之言乎縱出自聖人要亦有爲而發不過因病發藥隨時處方以救此一等懵懂

为院本为杂剧为西厢曲为水浒传为今之举子业皆古今至文不可得而时势先后论也故吾因是而有感于童心者之自文也更说甚么六经更说甚么语孟乎夫六经语孟非其史官过为褒崇之词则其臣子极为赞美之语又不然则其迂阔门徒懵懂弟子记忆师说有头无尾得后遗前随其所见笔之于书后学不察便谓出自圣人之口也决定目之为经矣孰知其大半非圣人之言乎纵出自圣人要亦有为而发不过因病发药随时处方以救此一等懵懂

弟子迂闊門徒云耳藥醫假病方難定執是豈可遽以爲萬世之至論乎然則六經語孟乃道學之口實假人之淵藪也斷斷乎其不可以語于童心之言明矣嗚呼吾又安得眞正大聖人童心未曾失者而與之一言文哉

弟子迂阔门徒云耳药医假病方难定执是岂可遽以为万世之至论乎然则六经语孟乃道学之口实假人之渊薮也断断乎其不可以语于童心之言明矣呜呼吾又安得真正大圣人童心未曾失者而与之一言文哉

明刻本

明代刻书，包括内府刻书、明代特有的藩府刻书以及其他官私坊刻书。其风格特点大致要分早、中、晚三个时期。

明朝推翻元朝以后，黎民百姓却没有什么变化，许多旧日的书籍铺和刻字工人，都带着早已形成的风格和习惯跨进了新朝，所以在刻书风格上仍与元代一脉相承。明初至正德一百余年间，刻书风格均继承元代余韵，概括起来就是“黑口赵字继元”。

明代嘉靖至万历前期，前后七子的文学复古运动影响了整个社会，反映在刻书上，其风格也一洗前朝旧式，全面复古。文学上的复古，是复汉、唐之古；刻书上的复古便是复赵宋之古。这一时期所刻的书，几乎都是横轻竖重、方方正正的仿宋字，并且纸白墨黑，行格疏朗，白口，左右双边，颇有宋版遗风，以“白口方字仿宋”为特点。

万历后期直至天启、崇祯，明代社会已日薄西山，江河日下。经济的衰退，使刻书不能铺陈，字体由方变长，行格由疏变密，这完全是财力拮据的表现。讳法渐严，讳字重见于版面，是加强统治的表现。这些原因叠加在一起，就形成了这一时期的刻书特点，即“白口长字有讳”。

徐文长传

袁宏道

袁宏道（1568—1610），字中郎，号石公，公安（今属湖北）人，有《袁中郎全集》。

中郎论文，也是从反驳复古之说起步的。讥笑“袭古人语言之迹而冒以为古”者，为“处严冬而袭夏之葛者也”，那是因为中郎心目中有个“代有升降，而法不相沿，各极其变，各穷其趣”的文学史观。其时嘲讽拟古的不止中郎一家，中郎特出之处在于嬉笑怒骂的同时，提出建设性的文学主张：“信腕信口，皆成律度”；“独抒性灵，不拘格套”（参见袁宏道《雪涛阁集序》和《叙小修诗》）。这两句话几乎成了公安派的“注册商标”，此外的千言万语，都不过是其引申发挥。论及文学与时代时强调“变”，论及社会与个人时主张“真”，论及学问与自然时突出“韵”与“趣”。前两说受卓吾影响很深，只不过此态度更坚决、表述更精彩而已。关于“韵”与“趣”的陈说，方才显出作为文学家的袁宏道的独特思考。

钱谦益论及袁宏道的文学贡献时称：“中郎之论出，王、李之云雾一扫，天下之文人才士始知疏瀹心灵，搜剔慧性，以荡涤摹拟涂泽之病，其功伟矣。”钱氏着眼于文学思潮，而且是选诗而非衡文，故只强调中郎“荡涤摹拟”之功。中郎文远胜于诗，如从中国散文发展立论，中郎小品之“韵”与“趣”更值得仔细评说。钱氏算是第一个对公安文学做出公正评价的史家，指陈流弊时也相当严厉：“机锋侧出，矫枉过正，于是狂瞽交扇，鄙俚公行，雅故灭裂，风华扫地。竟陵代起，以凄清幽独矫之，而海内之风气复大变。”（钱谦益《列朝诗集小传》丁集中“袁稽勋宏道”条）除了对文学雅俗之评价颇有偏差外，钱氏的立说高屋建瓴，至今仍大致可信。

矫枉过正以致流弊丛生，既是革命者很难避免的陷阱，也与中郎之喜欢惊世骇俗甚至游戏笔墨有关。《与张幼于》中有一段自述，言及其“立言亦自有矫枉之过”：

世人喜唐，仆则曰唐无诗；世人喜秦、汉，

仆则曰秦、汉无文；世人卑宋黜元，仆则曰诗文在宋、元诸大家。

如此“信口而谈”，效果极佳，也能震撼一时；可此等“机锋”容易摹仿，很快地满街都是类似的“警句”。小修抱怨世人误解中郎“以意役法”的革命意义，不从“极其韵致穷其变化”因而一洗格套陋习着眼，而只是“取先生少时偶尔率易之语，效颦学步”。作为补救，小修提出“学其发抒性灵，而力塞后来俚易之习”（袁中道《阮集之诗序》）。可“兼重格调”云云，只是表明公安派自我调整的意愿，实不足以成为一面新的文学旗帜。这才给竟陵派另立门户，标举“凄清幽独”留下余地。

山水情韵离不开名士风流，不知不觉间山水一转而为情人。也就是黄贞父《姚元素黄山记引》所说的，“我辈看名山，如看美人”。以中郎为例，写西湖则“山色如娥，花光如颊，温风如酒，波纹如绫，才一举头，已不觉目酣神醉。此时欲下一语描写不得，大约如东阿王梦中初遇洛神时也”；写虎丘则“如冶女艳妆，掩映帘箔”；写满井则“鲜妍明媚，如倩女之靧面，而髻鬟之始掠也”（参见袁宏道《初至西湖记》《上方》《满井游记》）。以美女喻山水，好处是情景交融，缺点是容易流于轻佻。林纾斥其拂西施履迹而“魂销心死”的

《灵岩》为“以香奁之体为古文”，除了“载道”苦心可以不论外，确实说到了此类小品的特征（参阅林纾《春觉斋论文·忌轻儇》）。

余一夕坐陶太史楼[1]，随意抽架上书，得《阙编》诗一帙[2]，恶楮毛书[3]，烟煤败黑[4]，微有字形。稍就灯间读之，读未数首，不觉惊跃，急呼周望：“《阙编》何人作者？今邪古邪？”周望曰：“此余乡徐文长先生书也。”两人跃起，灯影下读复叫，叫复读，僮仆睡者皆惊起。盖不佞生三十年[5]，而始知海内有文长先生。噫，是何相识之晚也！因以所闻于越人士者，略为次第，为《徐文长传》。

注释

[1] 陶太史：即陶望龄，字周望，浙江会稽（今浙江绍兴市）人，官至国子祭酒，作者的朋友。明代称翰林为太史，陶望龄曾入翰林院，任编修，故称。

[2] 帙：线装书的函套。

[3] 楮（chǔ）：纸。毛：形容书籍制作粗劣。

[4] 烟煤：灰黑色的颜料。败黑：墨色消退。

[5] 不佞：自称的谦辞。

徐渭，字文长，为山阴诸生[6]，声名藉甚[7]。薛公蕙校越时[8]，奇其才，有国士之目。然数奇[9]，屡试辄蹶。中丞胡公宗宪闻之[10]，客诸幕[11]。文长每见，则葛衣乌巾，纵谭天下事[12]，胡公大喜。是时公督数边兵[13]，威振东南，介胄之士[14]，膝语蛇行[15]，不敢举头，而文长以部下一诸生傲之，议者方之刘真长、杜少陵云[16]。会得白鹿，属文长作表[17]。表上，永陵喜[18]。公以是益奇之，一切疏记[19]，皆出其手。文长自负才略，好奇计，谈兵多中，视一世士无可当意者，然竟不偶[20]。

注释

[6] 山阴：今浙江绍兴市。诸生：即生员，俗称秀才，明清时代经过考试取入府、州、县学的学生。

[7] 藉（jí）甚：卓著。

[8] 薛公蕙：即薛蕙，明代大臣，官至吏部考功司郎中。校（jiào）：主持考试。

[9] 数奇（jī）：命运不好。

[10] 中丞胡公宗宪：胡宗宪，明嘉靖年间任浙江巡抚。中丞为明清人对巡抚的雅称。

[11] 客：用作动词，指聘为幕宾。幕：幕府。

[12] 谭：同“谈”。

[13] 公督数边兵：嘉靖三十五年（1556），胡宗宪升任浙直总督，统领南直隶、浙江、福建等处军务以抗倭。

[14] 介：铠甲。胄：头盔。此句指武将。

[15] 膝语：跪着说话。

[16] 方：比拟。刘真长：即刘惔（tán），字真长，东晋名士，善清谈。晋简文帝任抚军大将军时，对刘惔很敬重，以之为谈客。杜少陵：即杜甫，自号“少陵野老”，唐代著名诗人。曾入剑南节度使严武幕，任参谋，严武以友相待。

[17] 表：奏章中用于陈请谢贺的文体。

[18] 永陵：明世宗嘉靖皇帝陵墓，代指世宗。

[19] 疏：臣下给皇帝的奏章。

[20] 不偶：不遇。

文长既已不得志于有司[21]，遂乃放浪曲蘖[22]，恣情山水，走齐、鲁、燕、赵之地[23]，穷览朔漠[24]。其所见山奔海立[25]，沙起云行，风鸣树偃，幽谷大都，人物鱼鸟，一切可惊可愕之状，一一皆达之于诗。其胸中又有勃然不可磨灭之气，英雄失路、托足无门之悲，故其为诗，如嗔如笑[26]，如水鸣峡，如种出土，如寡妇之夜哭，羁人之寒起[27]。虽其体格时有卑者，然匠心独出，有王者气，非彼巾帼而事人者所敢望也[28]。文有卓识，气沉而法严，不以摸拟损才，不以议论伤格，韩、曾之流亚也[29]。文长既雅不与时调合，当时所谓骚坛主盟者[30]，文长皆叱而奴之，故其名不出于越，悲夫！喜作书，笔意奔放如其诗，苍劲中姿媚跃出，欧阳公所谓“妖韶女老，自有余态”者也[31]。间以其余[32]，旁溢为（花）鸟[33]，皆超逸有致[34]。

注释

[21] 有司：主管官员。

[22] 曲蘖（niè）：酒曲，代指酒。

[23] 齐、鲁、燕、赵：春秋战国时期的四个诸侯国，在今山东、河北、山西一带。

[24] 朔：北方。

[25] 奔：通行本作“崩”。

[26] 嗔（chēn）：生气。

[27] 羁（jī）人：旅人。

[28] 事人：讨好人。

[29] 韩、曾：指唐代的韩愈和北宋的曾巩，同列“唐宋八大家”。流亚：同类人物。

[30] 骚坛：诗坛，亦指文坛。

[31] 欧阳公：指北宋欧阳修。妖韶女老，自有余态：语出欧阳修《水谷夜行寄子美圣俞》：“譬如妖韶女，老自有余态。”妖韶，美艳。

[32] 间：间或。余：余力。

[33] 此句“花”字刻本缺失，据通行本补。
[34] 致：情趣。

卒以疑，杀其继室[35]，下狱论死。张太史元汴力解[36]，乃得出。晚年愤益深，佯狂益甚，显者至门，或拒不纳。时携钱至酒肆，呼下隶与饮[37]。或自持斧击破其头，血流被面，头骨皆折，揉之有声。或以利锥锥其两耳，深入寸余，竟不得死。周望言：“晚岁诗文益奇，无刻本，集藏于家。”余同年有官越者[38]，托以抄录，今未至。余所见者，《徐文长集》《阙编》二种而已。然文长竟以不得志于时，抱愤而卒。

注释

[35] 杀其继室：徐渭晚年精神错乱，猜疑心很重，杀死继室张氏。
[36] 张太史元汴：应为张元忭，浙江山阴人，张岱的曾祖父。隆庆（明穆宗年号）年间廷试第一，授翰林院修撰，故称“太史”。
[37] 下隶：衙役。
[38] 同年：明清科举考试同榜录取者。

石公曰[39]：先生数奇不已，遂为狂疾；狂疾不已，遂为囹圄[40]。古今文人牢骚困苦，未有若先生者也。虽然，胡公间世豪杰[41]，永陵英主：幕中礼数异等，是胡公知有先生矣；表上，人主悦，是人主知有先生矣。独身未贵耳。先生诗文崛起，一扫近代芜秽之习，百世而下，自有定论，胡为不遇哉？梅客生尝寄余书曰[42]：“文长吾老友，病奇于人，人奇于诗。”余谓文长无之而不奇者也。无之而不奇，斯无之而不奇也[43]。悲夫！

注释

[39] 石公：袁宏道号石公。

[40] 囹（líng）圄（yǔ）：监狱。

[41] 间世：世间少见。

[42] 梅客生：即梅国桢（zhēn），字客生，湖广麻城（今属湖北）人。万历（明神宗年号）进士，官至兵部右侍郎。作者的朋友。

[43] 奇（jī）：即数奇。

瓶花齋集卷之七

石公袁宏道中郎撰

麻城陳以聞無異閱

傳

徐文長傳

余一夕坐陶太史樓隨意抽架上書得闕編詩一帙惡楮毛書烟煤敗黑微有字形稍就燈間讀之讀未數首不覺驚躍急呼周望闕編何人作者今耶古耶周望曰此余鄉徐文長先生書

余一夕坐陶太史楼随意抽架上书得阙编诗
一帙恶楮毛书烟煤败黑微有字形稍就灯间
读之读未数首不觉惊跃急呼周望阙编何人
作者今邪古邪周望曰此余乡徐文长先生书

也兩人躍起燈影下讀復叫叫復讀僮僕睡者
皆驚起蓋不佞生三十年而始知海内有文長
先生噫是何相識之晚也因以所聞于越人士
者略爲次第爲徐文長傳

徐渭字文長爲山陰諸生聲名藉甚薛公蕙校
越時奇其才有國士之目然數奇屢試輒蹶中
丞胡公宗憲聞之客諸幕文長每見則葛衣烏
巾縱譚天下事胡公大喜是時公督數邊兵威
振東南介冑之士膝語蛇行不敢舉頭而文長

也两人跃起灯影下读复叫叫复读僮仆睡者皆惊起盖
不佞生三十年而始知海内有文长先生噫是何相识之
晚也因以所闻于越人士者略为次第为徐文长传
徐渭字文长为山阴诸生声名藉甚薛公蕙校
越时奇其才有国士之目然数奇屡试辄蹶中
丞胡公宗宪闻之客诸幕文长每见则葛衣乌
巾纵谭天下事胡公大喜是时公督数边兵威
振东南介胄之士膝语蛇行不敢举头而文长

以部下一諸生傲之議者方之劉真長杜少陵云會得白鹿屬文長作表表上　永陵喜公以是益奇之一切疏記皆出其手文長自負才略好奇計談兵多中視一世士無可當意者然竟不偶文長既已不得志於有司遂乃放浪麯糵恣情山水走齊魯燕趙之地窮覽朔漠其所見山奔海立沙起雲行風鳴樹偃幽谷大都人物魚鳥一切可驚可愕之狀一一皆達之於詩其胸中又有勃然不可磨滅之氣英雄失路托足

以部下一诸生傲之议者方之刘真长杜少陵云会得白鹿属文长作表表上永陵喜公以是益奇之一切疏记皆出其手文长自负才略好奇计谈兵多中视一世士无可当意者然竟不偶文长既已不得志于有司遂乃放浪曲糵恣情山水走齐鲁燕赵之地穷览朔漠其所见山奔海立沙起云行风鸣树偃幽谷大都人物鱼鸟一切可惊可愕之状一一皆达之于诗其胸中又有勃然不可磨灭之气英雄失路托足

無門之悲故其爲詩如嗔如笑如水鳴峽如種出土如寡婦之夜哭羈人之寒起雖其體格時有卑者然匠心獨出有王者氣非彼巾幗而事人者所敢望也文有卓識氣沉而法嚴不以摸擬損才不以議論傷格韓曾之流亞也文長既雅不與時調合當時所謂騷壇主盟者文長皆叱而奴之故其名不出於越悲夫喜作書筆意奔放如其詩蒼勁中姿媚躍出歐陽公所謂妖韶女老自有餘態者也間以其餘旁溢爲鳥

无门之悲故其为诗如嗔如笑如水鸣峡如种出土
如寡妇之夜哭羁人之寒起虽其体格时有卑者然
匠心独出有王者气非彼巾帼而事人者所敢望也文
有卓识气沉而法严不以摸拟损才不以议论伤格韩
曾之流亚也文长既雅不与时调合当时所谓骚坛
主盟者文长皆叱而奴之故其名不出于越悲夫喜
作书笔意奔放如其诗苍劲中姿媚跃出欧阳公所
谓妖韶女老自有余态者也间以其余旁溢为 鸟

皆超逸有致卒以疑殺其繼室下獄論死張太
史元汴力解乃得出晚年憤益深佯狂益甚顯
者至門或拒不納時携錢至酒肆呼下隸與飲
或自持斧擊破其頭血流被面頭骨皆折揉之
有聲或以利錐錐其兩耳深入寸餘竟不得死
周望言晚歲詩文益奇無刻本集藏于家余同
年有官越者托以抄錄今未至余所見者徐文
長集闕編二種而已然文長竟以不得志于時
抱憤而卒

皆超逸有致卒以疑杀其继室下狱论死张太史元汴
力解乃得出晚年愤益深佯狂益甚显者至门或拒不
纳时携钱至酒肆呼下隶与饮或自持斧击破其头血流
被面头骨皆折揉之有声或以利锥锥其两耳深入寸
余竟不得死周望言晚岁诗文益奇无刻本集藏于家
余同年有官越者托以抄录今未至余所见者徐文长
集阙编二种而已然文长竟以不得志于时抱愤而卒

石公曰先生數奇不已遂為狂疾狂疾不已遂為囹圄古今文人牢騷困苦未有若先生者也雖然胡公閒世豪傑 永陵英主幕中禮數異等是胡公知有先生矣表上 人主悅是人主知有先生矣獨身未貴耳先生詩文崛起一掃近代蕪穢之習百世而下自有定論胡為不遇哉梅客生嘗寄余書曰文長吾老友病奇于人人奇于詩余謂文長無之而不奇者也無之而不奇斯無之而不奇也悲夫

石公曰先生数奇不已遂为狂疾狂疾不已遂为囹圄古
今文人牢骚困苦未有若先生者也虽然胡公间世豪杰
永陵英主幕中礼数异等是胡公知有先生矣表上人主
悦是人主知有先生矣独身未贵耳先生诗文崛起一扫
近代芜秽之习百世而下自有定论胡为不遇哉梅客生
尝寄余书曰文长吾老友病奇于人人奇于诗余谓文长
无之而不奇者也无之而不奇斯无之而不奇也悲夫

天头地脚

版框上方的空白叫作天头，下方的空白叫作地脚。天头面积一般较大，不仅有装饰作用，还能方便做批注。

书首书根

书脊的最上端，称为书首，也称书头；书脊的最下端，称为书根。为便于检阅，常在书根题写书名、卷次、册数等。

西湖七月半

张岱

张岱（1597—1689），字宗子，又字石公，号陶庵，山阴（今浙江绍兴）人。前半生为豪华公子，明亡后多故国之思。著述甚丰，除小品文集《陶庵梦忆》《西湖梦寻》《琅嬛文集》外，还有《石匮书》《四书遇》《夜航船》等。

经历国破家亡的惨痛，披发入山著述明志的张岱，回首平生之繁华靡丽，撰写《陶庵梦忆》《西湖梦寻》《琅嬛文集》等绝代之作，总算为有明一代文章画上一个精彩的句号。关于张岱集晚明小品之大成的说法，最早见于其挚友祁豸佳《西湖梦寻序》：

余友张陶庵，笔具化工，其所记游，有郦道元之博奥，有刘同人之生辣，有袁中郎之倩丽，有王季重之诙谐，无所不有。其一种空灵晶映之气，寻其笔墨又一无所有。

张岱本人也曾介绍其师承，可与祁氏的说法相参照。《祭周戬伯文》自述创作经历，提及古文知己王季重、山水知己刘同人和祁彪佳;《琅嬛诗集序》自承初学徐渭和袁宏道，继而转学钟惺和谭元春，最后，“涤骨刮肠”，方才洗出自家面目。以上诸家，大致分属公安、竟陵，难怪后人论及张岱，多称许其兼有两派之长。

张岱长于记游，其笔墨之清新空灵，确与中郎有相似之处。可张文从不逞才使气，娓娓道来，更觉韵味无穷。其《西湖七月半》《湖心亭看雪》等，可谓千古绝唱。偶有奇崛的句法，但主要靠的是诗人体贴入微的观察，以及米家山水般高古的意境。如此洗尽铅华，不事雕琢，与作者遥思往事、忏悔佛前的创作心境有关。“独往湖心亭看雪”“酣睡于十里荷花之中”，此等雅事，落在中郎、眉公笔下，总不免带有自我夸耀的意味；不若饱经沧桑的张岱，淡然一笑，与痴汉韵友共享天地之精灵来得洒脱。都写山水，“梦忆”与“游记”不同，后者主要是写生纪实，前者则于梦魂萦绕中早已物我合一，故抒情色彩很浓。

张氏读书、著书多且杂，但说不上是学问家。《夜航船序》自称记取“眼前极肤浅之事”，目的不过是“勿使僧人伸脚”，此说大致可信。“少为纨绔子弟，极爱繁华”的张岱，对鲜衣美食、华灯烟火、梨园鼓吹、花鸟古董等有特殊兴趣，等到“国破家亡，避迹山居”，方才追忆逝水年华，如梦如烟（《自为墓志铭》）。其对民俗文化的兴趣，远比撰写《帝京景物略》的刘同人广泛。真正让张岱迷恋的，不是名胜古迹，而是都市风情。《陶庵梦忆》描写诸多唱戏放灯、扫墓竞渡、说书品茶的场面，既是妙文，也是绝好的社会文化史料。所述之事，或与《武林旧事》《梦粱录》相近，但文章趣味以及随处流露出来的洒脱性情，毕竟带有公安“性灵”和竟陵“幽深”的印记，非宋人周密、吴自牧所可比拟。

西湖七月半[1]，一无可看，止可看看七月半之人[2]。看七月半之人，以五类看之。其一，楼船箫鼓，峨冠盛筵[3]，灯火优傒[4]，声光相乱，名为看月而实不见月者，看之。其一，亦船亦楼，名娃闺秀[5]，携及童娈[6]，笑啼杂之，环坐露台[7]，左右盻望[8]，身在月下而实不看月者，看之。其一，亦船亦声歌，名妓闲僧，浅斟低唱，弱管轻丝，竹肉相发[9]，亦在月下，亦看月，而欲人看其看月者，看之。其一，不舟不车，不衫不帻[10]，酒醉饭饱，呼群三五，跻入人丛[11]，昭庆、断桥[12]，嘄呼嘈杂[13]，装假醉，唱无腔曲，月亦看，看月者亦看，不看月者亦看，而实无一看者，看之。其一，小船轻幌[14]，净几暖炉，茶铛旋煮[15]，素瓷静递，好友佳人，邀月同坐，或匿影树下[16]，或逃嚣里湖，看月而人不见其看月之态，亦不作意看月者，看之。

注释

[1] 西湖：即今杭州西湖。七月半：农历七月十五，又称中元节，民间于此日祭奠亡故亲人。
[2] 止：只。
[3] 峨冠：高冠，指士大夫。
[4] 优傒（xī）：优伶和奴仆。
[5] 娃：美女。闺秀：有才德的女子。
[6] 童娈（luán）：美貌家童。
[7] 露台：船上的露天平台。
[8] 盻：同“盼”。
[9] 竹：指管乐。肉：指歌喉。
[10] 衫：指长衫。帻（zé）：古代男子的头巾。

[11] 跻（jī）：通“挤”。
[12] 昭庆：寺名。断桥：在西湖白堤上。
[13] 嘄（jiào）：同“叫”。
[14] 幌（huǎng）：帷幔。
[15] 铛（chēng）：温茶、酒的器具。旋：立即。
[16] 匿影：藏身。

杭人游湖，巳出酉归[17]，避月如仇。是夕好名，逐队争出，多犒门军酒钱[18]，轿夫擎燎[19]，列俟岸上[20]。一入舟，速舟子急放断桥[21]，赶入胜会。以故二鼓以前[22]，人声鼓吹[23]，如沸如撼，如魇如呓[24]，如聋如哑，大船小船一齐凑岸，一无所见，止见篙击篙、舟触舟、肩摩肩、面看面而已。少刻兴尽，官府席散，皂隶喝道去[25]。轿夫叫船上人，怖以关门[26]，灯笼火把如列星，一一簇拥而去。岸上人亦逐队赶门[27]，渐稀渐薄，顷刻散尽矣。吾辈始舣舟近岸[28]，断桥石磴始凉[29]，席其上[30]，呼客纵饮。此时，月如镜新磨[31]，山复整妆，湖复颒面[32]。向之浅斟低唱者出[33]，匿影树下者亦出，吾辈往通声气，拉与同坐。韵友来[34]，名妓至，杯箸安[35]，竹肉发。月色苍凉，东方将白，客方散去。吾辈纵舟[36]，酣睡于十里荷花之中，香气拍人[37]，清梦甚惬[38]。

注释

[17] 巳：巳时，上午九时至十一时。酉：酉时，下午五时至七时。
[18] 犒（kào）：赏赐。门军：守城门的士兵。

[19] 燎：火把。
[20] 列俟（sì）：排队等候。
[21] 速：催促。舟子：船夫。
[22] 二鼓：二更，晚上九点至十一点。
[23] 鼓吹：乐曲声。
[24] 魇（yǎn）：做恶梦。呓：说梦话。
[25] 皂隶：衙役。喝（hè）道：以使路人回避。
[26] 怖：恐吓。
[27] 赶门：赶进城门。
[28] 舣（yǐ）：船靠岸。
[29] 石磴（dèng）：石头台阶。
[30] 席：设筵。
[31] 镜新磨：古代以铜为镜，须不时磨光。
[32] 颒（huì）：洗脸。
[33] 向：原先。
[34] 韵友：风雅的朋友。
[35] 箸（zhù）：筷子。
[36] 纵舟：让船任意漂流。
[37] 拍：扑。
[38] 惬（qiè）：快意。

边栏界行

边栏，指的是文字四周的栏线，也称边框。界行，指的是文字行与行之间的界线，也称为栏线或界格。手写帛书，绝大多数都有边栏界行，初意是对竹木简书的模仿。纸书盛行之后，仍画有边栏界行。唐五代以前的手卷纸书，其边栏界行的颜色几乎都是灰黑色，习惯仍称为乌丝栏，明显是借用帛书时的称呼。

从宋到清，版印的书籍，除一部分没有边栏界行外，绝大多数都镌有边栏界行。大致分为四周单边、左右双边、四周双边几种情况。所谓四周单边，是指版面文字的上下左右四围被一条粗黑的墨线圈住。所谓左右双边，是指在左右粗黑的边栏内，再各镌印一条细墨线，相当于第一行文字右边的界行线和末行左边的界行线。所谓四周双边，是指在粗黑的边栏内侧，再环版面文字的四周镌印一条细墨线。几种不同形式反映了书籍刻印的精粗质量，也构成了中国古代版印书籍版面的基本形式，端庄大方，整肃古朴，给人一种端庄美。

西湖七月半

北京图书馆藏清乾隆五十九年王文诰刻本

西湖七月半

西湖七月半一無可看止可看看七月半之人看七月半之人以五類看之其一樓船簫鼓峩冠盛筵燈火優傒聲光相亂名爲看月而實不見月者看之其一亦船亦樓名娃閨秀攜及童孌笑啼襍之環坐露臺左右盼望身在月下而實不看月者看之其一亦船亦聲歌名妓閒僧淺斟低唱弱管輕絲竹肉相發亦在月下亦看月而欲人看其看月者看之其一不舟不車不衫不幘

西湖七月半一无可看止可看看七月半之人看七月
半之人以五类看之其一楼船箫鼓峨冠盛筵灯火优
傒声光相乱名为看月而实不见月者看之其一亦船
亦楼名娃闺秀携及童娈笑啼杂之环坐露台左右盼
望身在月下而实不看月者看之其一亦船亦声歌名
妓闲僧浅斟低唱弱管轻丝竹肉相发亦在月下亦看
月而欲人看其看月者看之其一不舟不车不衫不帻

酒醉飯飽呼羣三五躋入人叢昭慶斷橋嘄呼嘈雜裝假醉唱無腔曲月亦看看月者亦看不看月者亦看而實無一看者看之其一小船輕幌淨几煖爐茶鐺旋煮素瓷靜遞好友佳人邀月同坐或匿影樹下或逃囂裏湖看月而人不見其看月之態亦不作意看月者看之杭人遊湖巳出酉歸避月如仇是夕好名逐隊爭出多犒門軍酒錢轎夫擎燎列俟岸上一入舟速舟子急放斷橋趕入勝會以故二鼓以前人聲鼓吹如沸如撼如

酒醉饭饱呼群三五跻入人丛昭庆断桥嘄呼嘈杂装
假醉唱无腔曲月亦看看月者亦看不看月者亦看而
实无一看者看之其一小船轻幌净几暖炉茶铛旋煮
素瓷静递好友佳人邀月同坐或匿影树下或逃嚣里
湖看月而人不见其看月之态亦不作意看月者看之
杭人游湖巳出酉归避月如仇是夕好名逐队争出多
犒门军酒钱轿夫擎燎列俟岸上一入舟速舟子急放
断桥赶入胜会以故二鼓以前人声鼓吹如沸如撼如

魘如囈如聾如啞大船小船一齊湊岸一無所見止見篙擊篙舟觸舟肩摩肩面看面而已少刻興盡官府席散皂隸喝道去轎夫叫船上人怖以關門燈籠火把如列星一一簇擁而去岸上人亦逐隊趕門漸稀漸薄頃刻散盡矣吾輩始艤舟近岸斷橋石磴始涼席其上呼客縱飲此時月如鏡新磨山復整粧湖復頮面向之淺斟低唱者出匿影樹下者亦出吾輩往通聲氣拉與同坐韻友來名妓至杯箸安竹肉發月色蒼涼東方將白

魇如呓如聋如哑大船小船一齐凑岸一无所见止见
篙击篙舟触舟肩摩肩面看面而已少刻兴尽官府席
散皂隶喝道去轿夫叫船上人怖以关门灯笼火把如
列星一一簇拥而去岸上人亦逐队赶门渐稀渐薄顷
刻散尽矣吾辈始舣舟近岸断桥石磴始凉席其上呼
客纵饮此时月如镜新磨山复整妆湖复颓面向之浅
斟低唱者出匿影树下者亦出吾辈往通声气拉与同
坐韵友来名妓至杯箸安竹肉发月色苍凉东方将白

客方散去吾輩縱舟酣睡於十里荷花之中香氣拍人

清夢甚愜

純生氏曰如游七十二峯神奇詭異一峯一叫絕

客方散去吾辈纵舟酣睡于十里荷花之中香气拍人

清梦甚惬

作字示儿孙

傅山

傅山（1607—1684），初名鼎臣，字青竹，后改青主，别号石道人、朱衣道人、丹崖翁等，阳曲（今属山西）人。康熙中征举博学鸿儒，称疾固辞，作《病极待死》明志："生既须笃挚，死亦要精神。"博通经史佛道、兼工诗文书画，且精岐黄术，邃于脉理，乃明末清初一大奇人。著作有《霜红龛集》《荀子评注》《傅青主女科》《傅青主男科》等。

周作人说得没错，"傅青主在中国社会上的名声第一是医生，第二大约是书家吧"（《关于傅青主》）。但其思想通达，性格奇崛，品行端方，注重气节，均贯穿其行事以及诗文与书画，即所谓"不拘甚事，只不要奴。奴了，随他巧妙雕钻，为狗为鼠已耳”（《霜红龛集·杂记三》）是也。

于宋人文章中，独推“灵心慧舌”的苏东坡（参见傅山《霜红龛集·杂记四》）；自家笔墨，也以洒脱隽永见称。明亡后隐居不仕，还在写洁癖，写豪饮，写老道，写怪厨，可笔锋一转，写起“先我赴义死”的《汾二子传》来，笔带调侃，却无轻佻之气。

作字先作人[1]，人奇字自古。纲常叛周孔[2]，笔墨不可补。诚悬有至论[3]，笔力不专主。一臂加五指，《乾》卦六爻睹[4]。谁为用九者[5]，心与掔是取[6]。永真溯羲文[7]，不易柳公语。未习鲁公书[8]，先观鲁公诂[9]。平原气在中[10]，毛颖足吞虏[11]。

注释

[1] 作字：写字，指书法创作。

[2] 纲常：即三纲五常。儒家以君为臣纲、父为子纲、夫为妻纲为三纲，以仁、义、礼、智、信为五常。周孔：指周公与孔子。周公，本名姬旦，成王的叔父。其制礼作乐，为孔子所推崇。

[3] 诚悬：柳公权，字诚悬，唐代大书法家，官至太子太保。至论：即柳公权著名的“笔谏”。“上（唐穆宗）问公权：‘卿书何能如是之善？’对曰：‘用笔在心，心正则笔正。’”（《资治通鉴》卷二四一）

[4]《乾》卦：为《周易》第一卦，此处代指全部六十四卦。六爻（yáo）：爻为构成《易》卦的基本符号，分阴阳两种，“—”为阳爻，“--”为阴爻。六十四卦中，每卦由六爻组成。这里以六爻比喻人写字时使用的一臂五指。

[5] 用九：阳爻称九，《乾》卦六爻皆阳，即六爻皆九。《文言》解曰：“乾元用九，天下治也。……乾元用九，乃在天则。”因其纯阳，故作为天道、君道、夫道的象征。在此有主宰之义。

[6] 掔（wàn）：同“腕”。

[7] 永真：疑为“永贞”之误。永贞为唐顺宗年号（公元 805 年）。柳公权于三年后，即唐宪宗元和三年（808）状元及第。羲文：即伏羲与周文王。传说人类始祖伏羲始创八卦（见《周易・系辞下》），周文王又将其推演为六十四卦（见《史记・周本纪》）。

[8] 鲁公：即颜真卿，唐代名臣，大书法家。唐玄宗开元年间进士。任平原郡（治所在今山东德州市陵城区）太守时，逢安史之乱，当即率领义军，力抗强敌。唐代宗时，封鲁郡公，故世称“颜鲁公”。唐德宗时，官至

太子太师。以被派去晓谕叛将李希烈，拒绝威逼利诱而遇难。书：书法。
[9] 诂：文字的意义。
[10] 平原：即颜真卿。气：指正气。
[11] 毛颖：毛笔。唐代韩愈作《毛颖传》，将毛笔拟人化，出以传记体，故有此称。吞：消灭。

贫道二十岁左右[12]，于先世所传晋唐楷书法无所不临[13]，而不能略肖。偶得赵子昂香光诗墨迹[14]，爱其圆转流丽，遂临之，不数过而遂欲乱真。此无他，即如人学正人君子，只觉觚棱难近[15]；降而与匪人游[16]，神情不觉其日亲日密，而无尔我者然也[17]。行大薄其为人[18]，痛恶其书，浅俗如徐偃王之无骨[19]。始复宗先人四五世所学之鲁公[20]，而苦为之[21]。然腕杂矣，不能劲瘦挺拗如先人矣。比之匪人[22]，不亦伤乎？不知董太史何所见[23]，而遂称孟頫为五百年中所无[24]。贫道乃今大解[25]，乃今大不解。写此诗仍用赵态，令儿孙辈知之勿复犯。此是作人一著[26]。然又须知赵却是用心于王右军者[27]，只缘学问不正，遂流软美一途。心手之不可欺也如此。危哉！危哉！尔辈慎之。毫厘千里[28]，何莫非然？宁拙毋巧，宁丑毋媚，宁支离毋轻滑[29]，宁真率毋安排，足以回临池既倒之狂澜矣[30]。

注释

[12] 贫道：傅山自称。明亡后，傅山以道士身份隐居不仕，号“朱衣道人”。
[13] 临：临摹。
[14] 赵子昂：赵孟頫，字子昂，号松雪，谥文敏，吴兴人，宋元之际书画

家。原为赵宋宗室，入元后，累官至翰林学士承旨。后人因此鄙其人品。香光：一作“香山”，当从，见本书全祖望《阳曲傅先生事略》。墨迹：书画真迹。

[15] 觚（gū）棱：刚正。

[16] 匪人：行为不端的人。

[17] 尔：你。

[18] 行：过了一段时间。

[19] 徐偃王：传为周穆王时徐国国君。《韩非子・五蠹》记：“徐偃王处汉东，地方五百里，行仁义，割地而朝者三十有六国。荆文王（即楚文王）恐其害己也，举兵伐徐，遂灭之。”《尸子》称“徐偃王有筋而无骨”，后以之喻书法之柔弱。

[20] 宗：效法。

[21] 苦：刻苦。

[22] 比：并列。

[23] 董太史：即董其昌，号香光，明代大臣，著名书画家。万历（明神宗年号）年间中进士后，授翰林院编修，故称“太史”。

[24] 五百年中所无：疑为傅山误记。董其昌曾与赵孟頫比较：“吾于书似可直接赵文敏，第少生耳。而子昂之熟，又不如吾有秀润之气。惟不能多书，以此让吴兴一筹。”“赵书因熟得俗态，吾书因生得秀色。”（《容台别集》卷二）口气中对赵并不崇敬。

[25] 解：明白。

[26] 著（zhāo）：方法。

[27] 王右军：东晋书法家王羲之曾任右军将军，故世称王右军。

[28] 毫厘千里：即“差之毫厘，谬以千里”。

[29] 支离：散乱。

[30] 临池：学习书法。

作字示儿孙

清宣统三年丁氏刻本

作字示兒孫

作字先作人人奇字自古綱常叛周孔筆墨不可補誠

作字先作人人奇字自古纲常叛周孔笔墨不可补诚

懸有至論筆力不專主一臂加五指乾卦六爻睹誰爲用九者心與擘是取永貞迴義文不易柳公語未習魯公書先觀魯公誥平原氣在中毛穎足吞虜

貧道二十歲左右於先世所傳晉唐楷書法無所不臨而不能略肖偶得趙子昂香光詩墨蹟愛其圓轉流麗遂臨之不數過而遂欲亂眞此無他即如人學正人君子只覺觚稜難近降而與匪人遊神情不覺其日親日密而無爾我者然也行大薄其爲人痛惡其書淺俗如徐偃王之無骨始復宗先人四五世所學之魯公而苦爲之然腕雜矣不能勁瘦挺拗如先

悬有至论笔力不专主一臂加五指乾卦六爻睹谁为用九者心
与掔是取永真溯羲文不易柳公语未习鲁公书先观鲁公诂平
原气在中毛颖足吞虏
贫道二十岁左右于先世所传晋唐楷书法无所不临而不能
略肖偶得赵子昂香光诗墨迹爱其圆转流丽遂临之不数
过而遂欲乱真此无他即如人学正人君子只觉觚棱难近降
而与匪人游神情不觉其日亲日密而无尔我者然也行大
薄其为人痛恶其书浅俗如徐偃王之无骨始复宗先人四
五世所学之鲁公而苦为之然腕杂矣不能劲瘦挺拗如先

人矣比之匪人不亦傷乎不知董太史何所見而遂稱孟頫爲五百年中所無貧道乃今大解乃今大不解寫此詩仍用趙態令兒孫輩知之勿復犯此是作人一著然又須知趙却是用心於王右軍者只緣學問不正遂流軟美一途心手之不可欺也如此危哉危哉爾輩慎之毫釐千里何莫非然寧拙毋巧寧醜毋媚寧支離毋輕滑寧直率毋安排足以回臨池既倒之狂瀾矣

人矣比之匪人不亦伤乎不知董太史何所见而遂称孟頫为五百年中所无贫道乃今大解乃今大不解写此诗仍用赵态令儿孙辈知之勿复犯此是作人一著然又须知赵却是用心于王右军者只缘学问不正遂流软美一途心手之不可欺也如此危哉危哉尔辈慎之毫厘千里何莫非然宁拙毋巧宁丑毋媚宁支离毋轻滑宁真率毋安排足以回临池既倒之狂澜矣

书口

版面当中有书口，也称为版口，这是印制书籍所特有的东西。书口是指一版的中缝，在折叶时取作标准，也就是古籍书叶两半叶之间没有正文的一行。因为这一行居于版面的中心，故又称版心。版心常刻有鱼尾、口线、书名、卷数、页码、刻工姓名等文字。书口有白口、黑口之分。连接鱼尾和版框的线叫作象鼻，象鼻为细黑线的叫细黑口，象鼻为粗黑线的叫粗黑口，无象鼻的叫白口。

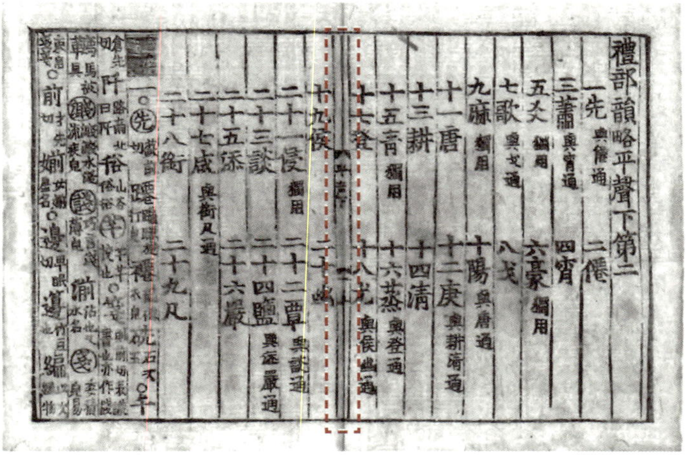

禮部韻略平聲下第二
一先 與僊通　二僊
三蕭 與宵通　四宵
五爻 獨用　六豪 獨用
七歌 與戈通　八戈
九麻 獨用　十陽 與唐通
十一唐　十二庚 與耕清通
十三耕　十四清
十五青 獨用　十六蒸 與登通
十七登　十八尤 與侯幽通
十九侯　二十幽
二十一侵 獨用　二十二覃 與談通
二十三談　二十四鹽 與沾嚴通
二十五添　二十六嚴
二十七咸 與銜凡通　二十八銜
二十九凡

宋刻本《礼部韵略》

原君

黄宗羲

黄宗羲（1610—1695），字太冲，号南雷，又号梨洲，余姚（今属浙江）人，与顾炎武、王夫之并称清初三大思想家，学识渊博，著作甚丰，有《明夷待访录》《明儒学案》《宋元学案》《南雷文定》等。

顾、黄、王对八股文的尖锐批判，对有明一代文章或剽窃古人或信笔扫抹的强烈不满，对“文须有益于天下”以及合文、学而为一的提倡，使文坛风气得以扭转。黄氏《论文管见》中“不必文人始有至文”的说法，更可看作清代“学者之文”的自觉。实际上，黄宗羲也以能文著称于世。

追求经史文三者合一，黄氏毕竟以史学成就最为辉煌。正如全祖望《梨洲先生神道碑文》所述，黄氏“多碑版之文，其于国难诸公，表章尤力”；而文章“不名一家”，“扫尽近人规模字句之陋”。史家本就长于叙事，黄氏且工文辞，再加上表彰的是千古不灭的忠义之魂，不难想象此类碑版的魅力。这里不妨套用其《明文案序上》的一句话：“凡情之至者，其文未有不至者也。”倘“一往情深”，街谈巷议也能成为至文，何况此等寄托遗民心事的血性文章。

有生之初[1]，人各自私也，人各自利也；天下有公利而莫或兴之[2]，有公害而莫或除之。有人者出，不以一己之利为利，而使天下受其利；不以一己之害为害，而使天下释其害[3]；此其人之勤劳必千万于天下之人。夫以千万倍之勤劳，而己又不享其利，必非天下之人情所欲居也[4]。故古之人君，量而不欲入者[5]，许由、务光是也[6]；入而又去之者，尧、舜是也；初不欲入而不得去者，禹是也。岂古之人有所异哉？好逸恶劳，亦犹夫人之情也。

注释

[1] 有生：人类。
[2] 莫或：没有。
[3] 释：消除。
[4] 居：处。
[5] 量：权衡。入：指作君主。
[6] 许由、务光：传说中的上古高士。《庄子·让王》："尧以天下让许由，许由不受。""汤又让瞀（务）光……（瞀光）乃负石而自沉于庐水。"

后之为人君者不然。以为天下利害之权皆出于我，我以天下之利尽归于己，以天下之害尽归于人，亦无不可；使天下之人，不敢自私，不敢自利，以我之大私为天下之公。始而惭焉，久而安焉。视天下为莫大之产业，传之子孙，受享无穷。汉高帝所谓"某业所就，孰与仲多"者[7]，其逐利之情，不觉溢之于辞矣。此无他，古者以天下为主，君为客，凡君之所毕世而经营者，为天下也。今也以君为主，天下为客，凡天下之无地而得安宁者，为君也。是以其未得之也[8]，屠毒天下之肝脑[9]，离散天下之子女，以博我一人之产业，曾不惨然[10]，曰“我固为子孙创业也”。其既得之也，敲剥天下之骨髓，离散天下之子女，以奉我一人之淫乐，视为当然，曰“此我产业之花息也”[11]。然则，为天下之大害者，君而已矣。向使无君[12]，人各得自私也，人各得自利也。呜呼！岂设君之道固如是乎[13]？

注释

[7]“汉高”句：《史记·高祖本纪》载汉高祖刘邦登基后，对其父说：“始，大人常以臣无赖，不能治产业，不如仲（其兄刘仲）力。今某之业所就，孰与仲多？”

[8] 之：指君位。

[9] 屠毒：屠杀。肝脑：代指生命。

[10] 曾（zēng）：竟。

[11] 花息：利息。

[12] 向使：假使。

[13] 固：本来。

古者天下之人爱戴其君，比之如父，拟之如天，诚不为过也。今也天下之人怨恶其君[14]，视之如寇仇[15]，名之为独夫[16]，固其所也[17]。而小儒规规焉。以君臣之义无所逃于天地之间[18]，至桀、纣之暴[19]，犹谓汤、武不当诛之，而妄传伯夷、叔齐无稽之事[20]，乃兆人万姓崩溃之血肉[21]，曾不异夫腐鼠。岂天地之大，于兆人万姓之中，独私其一人一姓乎？是故武王，圣人也；孟子之言[22]，圣人之言也。后世之君，欲以如父如天之空名，禁人之窥伺者[23]，皆不便于其言[24]，至废孟子而不立[25]，非导源于小儒乎！

注释

[14] 怨恶（wù）：怨恨憎恶。

[15] 寇仇：仇敌。《孟子·离娄下》："君之视臣如土芥，则臣视君如寇仇。"

[16] 独夫：众叛亲离的暴君。《孟子·梁惠王下》："齐宣王问曰：'汤放桀，武王伐纣，有诸？'孟子对曰：'于传有之。'曰：'臣弑其君，可乎？'曰：'贼仁者谓之"贼"，贼义者谓之"残"。残贼之人谓之"一夫"。闻诛一夫纣矣，未闻弑君也。'"

[17] 所：适宜。

[18] "而小儒"二句：小儒：见识浅陋的儒生。规规焉：拘泥迂腐的样子。《二程遗书》卷五："父子、君臣，天下之定理，无所逃于天地之间。"

[19] 桀、纣：夏桀与商纣王，均为古代著名的暴君。商汤、周武王先后起兵讨伐，各自建立了商朝与周朝。

[20] 伯夷、叔齐无稽之事：伯夷、叔齐为孤竹君二子。《史记·伯夷列传》述："西伯（周文王）卒，武王载木主，号为文王，东伐纣。伯夷、叔齐叩马而谏曰：'父死不葬，爰及干戈，可谓"孝"乎？以臣弑君，可谓"仁"乎？'"后"天下宗周，而伯夷、叔齐耻之，义不食周粟，隐于首阳山"，采薇而食，终于饿死。无稽，没有根据。

[21] 兆人：百姓。

[22] 孟子之言：见注[16]。

[23] 窥伺：指觊觎君位。

[24] 不便：不利。其：指代孟子。

[25] 废孟子而不立：明太祖曾一度废去孟子在孔庙的配享地位。据孟子家族志《三迁志》记载："太祖览《孟子》'土芥''寇仇'，谓非人臣所

宜言，诏去其配享。”因刑部尚书钱唐拼死进谏，“遂复孟子祭”。但洪武二十七年（1394），又命翰林学士刘三吾编定《孟子节文》，将“中间词气之间抑扬太过者八十五条”（刘三吾等《题辞》）删去。

虽然，使后之为君者，果能保此产业，传之无穷，亦无怪乎其私之也。既以产业视之，人之欲得产业，谁不如我？摄缄縢，固扃鐍[26]，一人之智力，不能胜天下欲得之者之众，远者数世，近者及身，其血肉之崩溃在其子孙矣。昔人愿世世无生帝王家[27]，而毅宗之语公主亦曰：“若何为生我家？”[28]痛哉斯言！回思创业时，其欲得天下之心，有不废然摧沮者乎[29]！

注释

[26] 摄缄縢，固扃鐍：二句语出《庄子·胠箧》。摄，收紧。缄、縢（téng），均为绳子。固，锁牢。扃（jiōng），搭扣。鐍（jué），锁。

[27]“昔人”句：《资治通鉴·齐纪一》载，宋顺帝升明三年（479），萧道成逼顺帝下诏禅位，“帝泣而弹指曰：‘愿后身世世勿复生天王家！’”。

[28]“而毅宗”二句：毅宗即明朝的末代皇帝崇祯帝，南明弘光政权初谥思宗，后改毅宗。《明史·公主传》载：“长平公主，年十六，……城陷，帝入寿宁宫，主（指公主）牵帝衣哭。帝曰：‘汝何故生我家？’以剑挥斫之，断左臂；又斫昭仁公主于昭仁殿。”

[29] 废然：颓丧的样子。摧沮：沮丧。

是故明乎为君之职分[30]，则唐、虞之世[31]，人人能让，许由、务光非绝尘也[32]；不明乎为君之职分，则市井之间，人人可欲，许由、务光所以旷后世而不闻也[33]。然君之职分难明，以俄顷淫乐不易无穷之悲[34]，虽愚者亦明之矣。

注释

[30] 是故：所以。

[31] 唐、虞：即唐尧与虞舜，上古两位贤明君主。

[32] 绝尘：超凡绝俗。

[33] 旷：空缺。

[34] 俄顷：片刻。易：换来。

原君

有生之初人各自私也人各自利也天下有公利而莫或興之有公害而莫或除之有人者出不以一己之利爲利而使天下受其利不以一己之害爲害而使天下釋其害此其人之勤勞必千萬于天下之人夫以千萬倍之勤勞而己又不享其利必非天下之人情所欲居也故古之人君量而不欲入者許由務光是也入而又去之者堯舜是也初不欲入而不得去者禹是也豈古之人有所異哉好逸惡勞亦猶夫人之情也後之爲人君者不然以爲天下利害之權皆出于我我以天下之利盡歸于己以天下之害盡

有生之初人各自私也人各自利也天下有公利而莫或兴之有公害而莫或除之有人者出不以一己之利为利而使天下受其利不以一己之害为害而使天下释其害此其人之勤劳必千万于天下之人夫以千万倍之勤劳而己又不享其利必非天下之人情所欲居也故古之人君量而不欲入者许由务光是也入而又去之者尧舜是也初不欲入而不得去者禹是也岂古之人有所异哉好逸恶劳亦犹夫人之情也后之为人君者不然以为天下利害之权皆出于我我以天下之利尽归于己以天下之害尽

歸于人亦無不可使天下之人不敢自私不敢自利以我之大私爲天下之公始而慚焉久而安焉視天下爲莫大之產業傳之子孫受享無窮漢高帝所謂某業所就孰與仲多者其逐利之情不覺溢之于辭矣此無他古者以天下爲主君爲客凡君之所畢世而經營者爲天下也今也以君爲主天下爲客凡天下之無地而得安寧者爲君也是以其未得之也屠毒天下之肝腦離散天下之子女以博我一人之產業曾不慘然曰我固爲子孫創業也其既得之也敲剝天下之骨髓離散天下之子女以奉我一人之淫樂視爲當然曰此我產業之花息也然則爲天下之大害者君而已矣向使無君人各得自私也人各得自利也嗚呼豈設君之道固如是乎古者天下之人

归于人亦无不可使天下之人不敢自私不敢自利以我之大私为
天下之公始而惭焉久而安焉视天下为莫大之产业传之子孙受
享无穷汉高帝所谓某业所就孰与仲多者其逐利之情不觉溢之
于辞矣此无他古者以天下为主君为客凡君之所毕世而经营者
为天下也今也以君为主天下为客凡天下之无地而得安宁者为
君也是以其未得之也屠毒天下之肝脑离散天下之子女以博我
一人之产业曾不惨然曰我固为子孙创业也其既得之也敲剥天
下之骨髓离散天下之子女以奉我一人之淫乐视为当然曰此我
产业之花息也然则为天下之大害者君而已矣向使无君人各得
自私也人各得自利也呜呼岂设君之道固如是乎古者天下之人

愛戴其君比之如父擬之如天誠不爲過也今也天下之人怨惡其君視之如寇讎名之爲獨夫固其所也而小儒規規焉以君臣之義無所逃于天地之間至桀紂之暴猶謂湯武不當誅之而妄傳伯夷叔齊無稽之事乃兆人萬姓崩潰之血肉曾不異夫腐鼠豈天地之大于兆人萬姓之中獨私其一人一姓乎是故武王聖人也孟子之言聖人之言也後世之君欲以如父如天之空名禁人之窺伺者皆不便于其言至廢孟子而不立非導源於小儒乎雖然使後之爲君者果能保此產業傳之無窮亦無怪乎其私之也既以產業視之人之欲得產業誰不如我攝緘縢固扃鐍一人之智力不能勝天下欲得之者之衆遠者數世近者及身其血肉之崩潰在其子孫矣昔人

爱戴其君比之如父拟之如天诚不为过也今也天下之人怨恶其君视之如寇仇名之为独夫固其所也而小儒规规焉以君臣之义无所逃于天地之间至桀纣之暴犹谓汤武不当诛之而妄传伯夷叔齐无稽之事乃兆人万姓崩溃之血肉曾不异夫腐鼠岂天地之大于兆人万姓之中独私其一人一姓乎是故武王圣人也孟子之言圣人之言也后世之君欲以如父如天之空名禁人之窥伺者皆不便于其言至废孟子而不立非导源于小儒乎虽然使后之为君者果能保此产业传之无穷亦无怪乎其私之也既以产业视之人之欲得产业谁不如我摄缄縢固扃鐍一人之智力不能胜天下欲得之者之众远者数世近者及身其血肉之崩溃在其子孙矣昔人

願世世無生帝王家而毅宗之語公主亦曰若何爲
生我家痛哉斯言回思創業時其欲得天下之心有
不廢然摧沮者乎是故明乎爲君之職分則唐虞之
世人人能讓許由務光非絶塵也不明乎爲君之職
分則市井之間人人可欲許由務光所以曠後世而
不聞也然君之職分難明以俄頃淫樂不易無窮之
悲雖愚者亦明之矣

愿世世无生帝王家而毅宗之语公主亦曰若何为生我家痛哉斯言回思创业时其欲得天下之心有不废然摧沮者乎是故明乎为君之职分则唐虞之世人人能让许由务光非绝尘也不明乎为君之职分则市井之间人人可欲许由务光所以旷后世而不闻也然君之职分难明以俄顷淫乐不易无穷之悲虽愚者亦明之矣

鱼尾

鱼尾是书口里边的构成部分，有单鱼尾、双鱼尾之分，更有顺鱼尾、对鱼尾之别。之所以做成鱼尾的形象，大概只是为了标识中缝线，方便在折叶时取准，这种设计既实用又美观，还增添了书籍版本的活力。上下鱼尾之间常常镌印简化了的书名、卷第、页码。因此，有人又把这种刻有文字的书口称为花口。

黑鱼尾　白鱼尾　线鱼尾　倒鱼尾

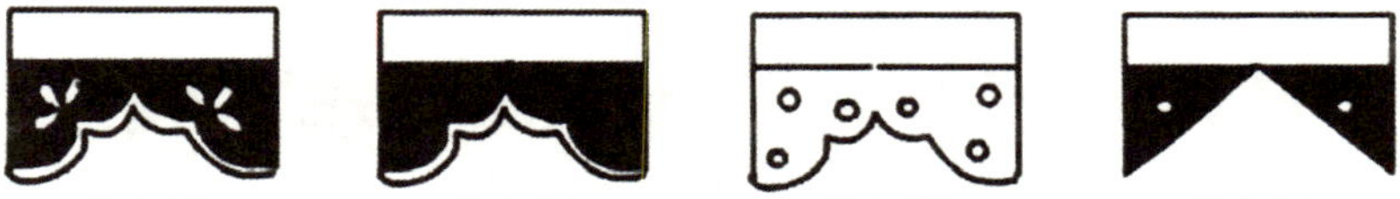

花鱼尾　花鱼尾　花鱼尾　花鱼尾

钞书自序

顾炎武

顾炎武（1613—1682），初名绛，字宁人，号亭林，昆山（今属江苏）人。早年加入复社，明亡后参与昆山、嘉定一带的抗清斗争。失败后遍历北方各地，调查山川地形，结识遗民学者，念念不忘兴复。为学讲求经世致用，反对明人之空谈心性，对清代学术风气的形成有决定性的影响。著作有《日知录》《天下郡国利病书》《肇域志》《音学五书》《顾亭林诗文集》等。

顾文无轻佻之语，有古朴之风，不以跌宕生姿取胜，而以气象阔大、境界高远、肃穆深沉征服读者，无愧为有清一代渊深博雅的"学者之文"的代表。

炎武之先家海上[1]，世为儒。自先高祖为给事中[2]，当正德之末。其时天下惟王府、官司及建宁书坊乃有刻板[3]，其流布于人间者，不过四书、五经、《通鉴》、性理诸书[4]。他书即有刻者，非好古之家不蓄，而寒家已有书六七千卷[5]。嘉靖间，家道中落，而其书尚无恙。

注释

[1] 海上：海边。顾氏南宋时迁海门（今属江苏南通市），后又徙居昆山。海门临海，故云。

[2] 高祖：即顾济，明武宗正德年间（1506—1521）进士，曾任刑科给（jǐ）事中。

[3] 建宁书坊：建宁，明代为建宁府，治所在今福建建瓯市。书坊，刻印与出售书籍的店铺。明代民间印书，以建宁最盛（见张秀民《明代印书最多的建宁书坊》）。

[4]《通鉴》：通常指司马光主持编撰的《资治通鉴》。性理：指宋儒研究人性与天理的学问。

[5] 寒家：寒微之家，对自己家庭的谦称。

先曾祖继起为行人[6]，使岭表[7]，而倭阑入江东[8]，郡邑所藏之书与其室庐俱焚，无孑遗焉[9]。洎万历初[10]，而先曾祖历官至兵部侍郎[11]，中间莅方镇三四[12]，清介之操[13]，虽一钱不以取诸官，而性独嗜书，往往出俸购之。及晚年，而所得之书过于其旧，然绝无国初以前之板。而先曾祖每言："余所蓄书，求其有字而已，牙签锦轴之工[14]，非所好也。"

注释

[6] 先曾祖：即顾章志，明世宗嘉靖年间（1522—1566）进士，历官行人、行人司副、行人司正。行人，掌传旨、册封等事。

[7] 岭表：岭外，指岭南。顾章志于嘉靖三十二年（1553）“奉使南越”（王世贞《观海顾公神道碑》）。

[8] 倭阑入江东：嘉靖三十三年（1554），倭寇侵扰江、浙。阑入，擅自闯入。

[9] 孑（jié）遗：残存。

[10] 洎（jì）：到。万历：明神宗年号（1573—1620）。

[11] 兵部侍郎：王世贞《观海顾公神道碑》记顾章志“迁应天府尹，遂进南京兵部右侍郎，卒于官”。

[12] 方镇：指镇守一方的军事长官。顾章志历任湖广、广西、贵州、山东的按察司副使、按察使等职。

[13] 清介：清正耿直。

[14] 牙签锦轴：形容书籍精美。牙签，系于书卷上，用象牙制作的标签。

其书后析而为四。炎武嗣祖太学公[15]，为侍郎公仲子，又益好读书，增而多之，以至炎武，复有五六千卷。自罹变故[16]，转徙无常，而散亡者十之六七，其失多出于意外。二十年来羸幐担囊以游四方[17]，又多别有所得，合诸先世所传，尚不下二三千卷。其书以选择之善，较之旧日虽少其半，犹为过之，而汉唐碑亦得八九十通，又钞写之本别贮二簏[18]，称为多且博矣。

注释

[15] 嗣祖太学公：即顾绍芾，顾章志次子，为生员，入国子监（太学），故称太学公。嗣，过继。因顾绍芾独子同吉早逝，无后，兄长顾绍芳之孙炎武于是过继绍芾家。

[16] 罹（lí）：遭遇。变故：指明清易代之际的变乱。
[17] 赢縢（téng）：腿上打着绑带。
[18] 麓：通行本作“簏”，确。簏，竹箱。

自少为帖括之学者二十年[19]，已而学为诗、古文[20]，以其间纂记故事[21]。年至四十，斐然欲有所作[22]。又十余年，读书日以益多，而后悔其向者立言之非也[23]。自炎武之先人皆通经学古，亦往往为诗文。本生祖赞善公文集至数百篇[24]，而未有著书以传于世者。昔时尝以问诸先祖[25]，先祖曰：“著书不如钞书。凡今人之学，必不及古人也；今人所见之书之博，必不及古人也。小子勉之，惟读书而已。”

注释

[19] 帖（tiě）括：科举应试文章。
[20] 已而：后来。
[21] 间（jiàn）：空隙，间或。纂（zuǎn）记：编辑记录。故事：旧事。
[22] 斐然：发愤的样子。曹丕《与吴质书》称应场“常斐然有述作之意”。
[23] 向者：从前。
[24] 赞善公：即顾绍芳，万历年间进士，官至左春坊左赞善。
[25] 先祖：指嗣祖顾绍芾。

先祖书法盖逼唐人，性豪迈不群。然自言少时日课钞古书数纸，今散亡之余犹数十帙[26]，他学士家所未有也。自炎武十一岁，即授之以温公《资治通鉴》[27]，曰：“世人多习《纲目》[28]，余所不取。凡作书者，莫病乎其以前人之书改窜而为自作也。班孟坚之改《史记》[29]，必不如《史记》也；宋景文之改《旧唐书》[30]，必不如《旧唐书》也；朱子之改《通鉴》[31]，必不如《通鉴》也。至于今代，而著书之人几满天下，则有盗前人之书而为自作者矣。故得明人书百卷，不若得宋人书一卷也。”

注释

[26] 帙：函。

[27] 温公：司马光，北宋大臣，著名史学家，主持编撰了编年体史书《资治通鉴》二百九十四卷。逝后，追赠温国公。

[28]《纲目》：即朱熹据《资治通鉴》所作的纲目体史书《资治通鉴纲目》，凡五十九卷。

[29] 班孟坚：即班固，字孟坚，东汉史学家，著《汉书》。

[30] 宋景文：即宋祁，北宋大臣，官至工部尚书，谥景文。与欧阳修等合撰《新唐书》。《旧唐书》：后晋刘昫等撰。

[31] 朱子：即朱熹，南宋著名理学家，后世尊称为朱子。

炎武之游四方十有八年，未尝干人[32]，有贤主人以书相示者则留，或手钞，或募人钞之。子不云乎[33]：“多见而识之，知之，次也。”[34] 今年至都下，从孙思仁先生得《春秋纂例》《春秋权衡》《汉上易传》等书[35]；清苑陈祺公资以薪米纸笔[36]，写之以归。愚尝有所议于左氏[37]，及读《权衡》，则已先言之矣。

注释

[32] 干：求。

[33] 子：孔子。

[34]“多见”句：出自《论语·述而》。识（zhì），记住。
[35] 孙思仁：即孙承泽，字耳伯，又字思仁。明清易代之际，出仕两朝，以都察院右都御史、太子太保引退。《春秋纂例》：即《春秋集传纂例》，唐陆淳撰，十卷。《春秋权衡》：北宋刘敞撰，十七卷。《汉上易传》：宋朱震撰，十一卷。
[36] 清苑陈祺公：陈上年，字祺公，直隶清苑（今为河北保定市清苑区）人。顺治年间（1644—1661）进士。
[37] 左氏：指《左传》。

念先祖之见背已二十有七年[38]，而言犹在耳，乃泫然书之[39]，以贻诸同学李天生[40]。天生，今通经之士，其学盖自为人而进乎为己者也[41]。

注释

[38] 见背：长辈去世。
[39] 泫（xuàn）然：流泪的样子。
[40] 贻：赠送。李天生：即李因笃，字天生。顾炎武挚交。
[41]“其学”句：出自《论语·宪问》：“古之学者为己，今之学者为人。”

清刻本

清代刻本繁多，综而观之，大致有如下特点。

版式：清初一段时间仍沿袭前明格调，字体瘦长，行狭字细，左右双边或四周双边，白口，双鱼尾。康熙朝武英殿所刻之书，则一般开本较大，版式铺陈，印纸莹洁，装潢考究。

字体：由于康熙皇帝的个人喜好，清代前期一百三十余年形成了一种软体写刻的字体风格，即所谓馆阁体。同时，坊间则流行另一种写刻更加方便的方体字书刻。然而至嘉庆以后，国势渐衰，经济日蹙，反映在刻书字体上，也失去了旧日舒展圆秀、笔势精神的灵气，变得团头团脑、呆滞乏神。

讳字：清代文字狱迭兴，避讳特别严格。避讳方法一是缺笔，如康熙帝玄烨作“ 烨”，乾隆帝弘历作“ 历”；二是用代字或改字，如以“元”“宁”代“玄”；三是用小字注明，如注曰“高庙（乾隆）讳”“宣庙（道光）讳”。

用纸：清代刻书的用纸名目繁多，尤其是康、雍、乾三朝内府刻书，清内府档案记载的用纸不下三十余种。内廷刻书的用纸，绝大部分是连四纸，其次是将乐纸和竹纸，小部分是罗纹纸。至于颇受世人青睐、大名鼎鼎的开化纸，据考证，应当是对连四纸的误认与误判。

鈔書自序

炎武之先家海上世爲儒自先高祖爲給事中當正德之末其時天下惟王府官司及建寧書坊乃有刻板其流布於人間者不過四書五經通鑑性理諸書他書卽有刻者非好古之家不蓄而寒家已有書六

炎武之先家海上世为儒自先高祖为给事中当正德之末其时天下惟王府官司及建宁书坊乃有刻板其流布于人间者不过四书五经通鉴性理诸书他书即有刻者非好古之家不蓄而寒家已有书六

七千卷嘉靖間家道中落而其書尚無恙先曾祖繼起爲行人使嶺表而倭闌入江東郡邑所藏之書與其室廬俱焚無孑遺焉洎萬歷初而先曾祖歷官至兵部侍郎中間蒞方鎮三四清介之操雖一錢不以取諸官而性獨嗜書往往出俸購之及晚年而所得之書過於其舊然絶無國初以前之板而先曾祖每言余所蓄書求有其字而已牙籤錦軸之工非所好也其書後析而爲四炎武嗣祖太學公爲侍郎公仲子又益好讀書增而多之以至炎武復有五六千卷自罹變故轉徙無常而散亾者什之六七其失多出於意外二十年來嬴縢擔囊以遊四方又多別有所

七千卷嘉靖间家道中落而其书尚无恙先曾祖继起为行人使岭表而倭阑入江东郡邑所藏之书与其室庐俱焚无孑遗焉洎万历初而先曾祖历官至兵部侍郎中间莅方镇三四清介之操虽一钱不以取诸官而性独嗜书往往出俸购之及晚年而所得之书过于其旧然绝无国初以前之板而先曾祖每言余所蓄书求其有字而已牙签锦轴之工非所好也其书后析而为四炎武嗣祖太学公为侍郎公仲子又益好读书增而多之以至炎武复有五六千卷自罹变故转徙无常而散亡者十之六七其失多出于意外二十年来赢縢担囊以游四方又多别有所

得合諸先世所傳尚不下二三千卷其書以選擇之善較之舊日雖少其半猶爲過之而漢唐碑亦得八九十通又鈔寫之本別貯二麓稱爲多且博矣自少爲帖括之學者二十年已而學爲詩古文以其間纂記故事年至四十斐然欲有所作又十餘年讀書日以益多而後悔其嚮者立言之非也自炎武之先人皆通經學古亦往往爲詩文本生祖贊善公文集至數百篇而未有著書以傳於世者昔時嘗以問諸先祖先祖曰著書不如鈔書凡今人之學必不及古人也今人所見之書之博必不及古人也小子勉之惟讀書而已先祖書法蓋逼唐人性豪邁不羣然自言

得合诸先世所传尚不下二三千卷其书以选择之善较之旧日虽少其半犹为过之而汉唐碑亦得八九十通又钞写之本别贮二麓称为多且博矣自少为帖括之学者二十年已而学为诗古文以其间纂记故事年至四十斐然欲有所作又十余年读书日以益多而后悔其向者立言之非也自炎武之先人皆通经学古亦往往为诗文本生祖赞善公文集至数百篇而未有著书以传于世者昔时尝以问诸先祖先祖曰著书不如钞书凡今人之学必不及古人也今人所见之书之博必不及古人也小子勉之惟读书而已先祖书法盖逼唐人性豪迈不群然自言

少時日課鈔古書數紙今散亾之餘猶數十帙他學士家所未有也自炎武十一歲卽授之以温公資治通鑑曰世人多習綱目余所不取凡作書者莫病乎其以前人之書改竄而爲自作也班孟堅之改史記必不如史記也宋景文之改舊唐書必不如舊唐書也朱子之改通鑑必不如通鑑也至於今代而著書之人幾滿天下則有盜前人之書而爲自作者矣故得明人書百卷不若得宋人書一卷也炎武之遊四方十有八年未嘗干人有賢主人以書相示者則留或手鈔或募人鈔之子不云乎多見而識之知之次也今年至都下從孫思仁先生得春秋纂例春秋權

少时日课钞古书数纸今散亡之余犹数十帙他学士家所未有也自炎武十一岁即授之以温公资治通鉴曰世人多习纲目余所不取凡作书者莫病乎其以前人之书改窜而为自作也班孟坚之改史记必不如史记也宋景文之改旧唐书必不如旧唐书也朱子之改通鉴必不如通鉴也至于今代而著书之人几满天下则有盗前人之书而为自作者矣故得明人书百卷不若得宋人书一卷也炎武之游四方十有八年未尝干人有贤主人以书相示者则留或手钞或募人钞之子不云乎多见而识之知之次也今年至都下从孙思仁先生得春秋纂例春秋权

衡漢上易傳等書淸苑陳祺公資以薪米紙筆寫之以歸愚嘗有所議於左氏及讀權衡則已先言之矣念先祖之見背已二十有七年而言猶在耳乃泫然書之以貽諸同學李天生天生今通經之士其學蓋自爲人而進乎爲已者也

衡汉上易传等书清苑陈祺公资以薪米纸笔写之以归愚尝
有所议于左氏及读权衡则已先言之矣念先祖之见背已二
十有七年而言犹在耳乃泫然书之以贻诸同学李天生天生
今通经之士其学盖自为人而进乎为己者也

阳曲傅先生事略

全祖望

全祖望（1705—1755），字绍衣，号谢山，浙江鄞县（今浙江宁波）人。精于史学，留心文献，曾校读《水经注》，续修《宋元学案》。其著作《经史问答》《鲒埼亭集》等不只博大精深，作为文章亦可圈可点。

继承并发展黄宗羲表彰英烈的碑版之文的，是其私淑弟子全祖望。描述易代之际诸多忠义隐逸、奇人侠士，以及开一代新风的学术大师，全氏目光深邃，笔墨酣畅，不讲结构藻采，但求凸现人物特征。叙述传主立身处世之凛然大节，同时穿插若干琐碎的遗言逸事，以显其全人格，这种笔法，合于史也深于文。与桐城文章的过求简洁而有点小家子气相反，全氏之文往往失之芜杂，但一往情深，且元气淋漓。

大致喜欢史学、注重节义或讲求文章大气者，都会弃方、姚而取黄、全。比如，清人平步青与近人梁启超就都极端推崇全祖望的古文。前者称："尝言今之古文，以全谢山为第一。"（平步青《鲒埼亭文集跋尾》）后者曰："若问我对于古今人文集最爱读某家，我必举《鲒埼亭》为第一部了。"（梁启超《中国近三百年学术史》第八章）

朱衣道人者，阳曲傅山先生也[1]。初字青竹，寻改字青主[2]，或别署曰公之它[3]，亦曰石道人，又字啬庐。家世以学行师表晋中[4]。先生六岁，啖黄精[5]，不乐谷食，强之[6]，乃复饭。少读书，上口数过，即成诵。顾任侠[7]，见天下且丧乱，诸号为荐绅先生者[8]，多腐恶不足道，愤之，乃坚苦持气节，不肯少与时媕婀[9]。

注释

[1] 傅山：阳曲（今山西太原市阳曲县）人，明遗民。
[2] 寻：不久。
[3] 别署：别号。
[4] 学行：学问品性。师表：作表率。晋中：指山西省。
[5] 啖（dàn）：吃。黄精：多年生草本植物，根茎入药，古人认为久服可延年益寿。
[6] 强（qiǎng）：强迫。
[7] 顾：但是。任侠：行侠仗义。
[8] 荐绅：同“搢（jìn）绅”。“荐”通“搢”，意为插。绅，古代士大夫系于腰间的大带。插笏板于绅为官员的装束，故以之称仕宦者。
[9] 媕（ān）婀（ē）：曲意顺从。

提学袁公继咸为巡按张孙振所诬[10]，孙振故奄党也[11]。先生约其同学曹公良直等诣匦使[12]，三上书讼之[13]，不得达，乃伏阙陈情[14]。时抚军吴公甡亦直袁[15]，竟得雪[16]，而先生以是名闻天下。马文忠公世奇为作传[17]，以为裴瑜、魏劭复出[18]。已而曹公任在兵科[19]，贻之书曰[20]：“谏官当言天下第一等事，以不负故人之期[21]。”曹公瞿然[22]，即疏劾首辅宜兴及骆锦衣养性[23]，直声大震。

注释

[10] 提学：明英宗正统元年（1436），在南北两京及十三省布政司设立提学道，专门管理所属各级学校。两京以御史、十三省布政司以按察司副使或佥事为提学官。袁继咸：崇祯七年（1634）任山西提学佥事。巡按：明朝于各省置巡按御史一人，负责纠察官吏。张孙振：崇祯九年（1636）任山西巡按御史。因请托袁继咸不遂，诬袁贪赃，致袁下狱。

[11] 奄党：指明天启年间以宦官魏忠贤为首的集团。奄，同“阉”。

[12] 曹公良直：曹良直，山西汾阳人，崇祯十年（1637）进士。诣：往。匦（guǐ）使：掌管接受四方章疏的官员，明代为通政使。匦，小箱匣。

[13] 讼：辩冤。

[14] 伏阙：跪伏在皇宫前。

[15] 抚军：即巡抚。吴公甡（shēn）：吴甡，崇祯七年任山西巡抚。直：伸雪。

[16] 竟得雪：因山西儒生集体上京为其诉冤，山西巡抚吴甡向朝廷奏明实情，袁继咸得官复原职，张振孙被贬谪。

[17] 马文忠公世奇：马世奇，崇祯朝进士。李自成破北京，自缢死，谥文忠。作传：所作为《山右二义士记》。

[18] 裴瑜、魏劭：均东汉末年人。《后汉书·史弼传》记：河东太守史弼拒绝请托，遭宦官侯览诬陷，被逮入京。“吏人莫敢近者，唯前孝廉裴瑜送到崤渑之间”，并以言激励。“又前孝廉魏劭毁变形服，诈为家僮，瞻护于弼”。

[19] 已而：后来。曹公：指曹良直。兵科：曹良直在兵科任给事中。明代给事中掌侍从规谏、监察六部之责。

[20] 贻：赠。

[21] 故人：老友。

[22] 瞿（jù）然：惊醒的样子。

[23] 首辅：明代用以称首席大学士。宜兴：指宜兴（今属江苏）人周延儒，字玉绳，万历朝状元。崇祯三年（1630）与十四年（1641）两度任内阁首辅。崇祯十六年（1643），曹良直疏劾周延儒十大罪状，崇祯帝命周自尽。骆锦衣养性：骆养性，出身锦衣卫世家，崇祯十六年，以左都督掌锦衣卫事，后降清。锦衣，锦衣卫官员。锦衣卫为明代设置的锦衣亲军都指挥使司的简称。

先生少长晋中，得其山川雄深之气，思以济世自见[24]，而不屑为空言。于是蔡忠襄公抚晋[25]，时寇已亟[26]，讲学于三立书院[27]，亦及军政、军器之属。先生往听之，曰："迂哉！蔡公之言，非可以起而行者也。"甲申[28]，梦天帝赐之黄冠[29]，乃衣朱衣，居土穴以养母。次年，袁公自九江羁于燕邸[30]，以难中诗贻先生[31]，曰："晋士惟门下知我最深[32]，盖棺不远，断不敢负知己，使异日羞称友生也[33]。"先生得书恸哭曰[34]："公乎，吾亦安敢负公哉！"甲午[35]，以连染遭刑戮[36]，抗词不屈[37]，绝粒九日，几死。门人有以奇计救之者，得免。然先生深自咤恨[38]，以为不如速死之为愈[39]，而其仰视天、俯画地者并未尝一日止[40]。凡如是者二十年。

注释

[24] 见：同"现"，显现。

[25] 蔡忠襄公：即蔡懋德，崇祯十四年（1641）任山西巡抚。十七年（1644），太原城被李自成攻破，自缢死，谥忠襄。

[26] 寇：指李自成起义军。亟（jí）：危急。

[27] 三立书院：明代建于太原的书院，初名河汾书院，万历二十一年（1593）改建。三立，语出《左传·襄公二十四年》的“三不朽”，即立德、立功、立言。

[28] 甲申：崇祯十七年（1644）。是年李自成破北京，崇祯皇帝自缢，清兵入关。

[29] 黄冠：道士所戴冠，黄色。

[30] “袁公”句：崇祯十五年（1642），袁继咸以总督江西、湖广等处军务，驻扎九江。顺治二年（1645），清兵南下。南明弘光政权所倚重的宁南侯左良玉病逝九江，其子梦庚继为帅，降清。袁继咸被俘，押至北京，不屈被杀。羁，拘系。燕邸，在北京的寓所。

[31] 难中诗：即袁继咸所作《铁城寄傅青主》。

[32] 门下：弟子。

[33] 异日：日后。友生：旧时师长对门生自称的谦词。

[34] 恸（tòng）哭：大哭。

[35] 甲午：清顺治十一年（1654）。

[36] 连染：受牵连。因南明王朝派来北方组织义军的宋谦被捕，供出傅山，傅山因此下狱。

[37] 抗词：直言陈说。

[38] 咤（zhà）恨：悲痛愤恨。

[39] 愈：更好。

[40] 仰视天、俯画地：有所筹划。语出《史记·魏其武安侯列传》：“魏其、灌夫日夜招聚天下豪杰壮士与议论，腹诽而心谤，不仰视天而俯画地，辟倪（侧目窥视）两宫间，幸天下有变而欲有大功。”

天下大定[41]，自是始以黄冠自放，稍稍出土穴与客接。然间有问学者，则告之曰：“老夫学庄、列者也，于此间诸仁义事，实羞道之，即强言之，亦不工。”[42] 又雅不喜欧公以后之文[43]，曰：“是所谓江南之文也[44]。”平定张际者[45]，亦遗民也，以不谨得疾死。先生抚其尸哭之曰：“今世之醇酒妇人以求必死者，有几人哉！呜呼，张生！是与沙场之痛等也。”[46] 又自叹曰：“弯强跃骏之骨[47]，而以占毕朽之[48]，是则埋吾血千年而碧不可灭者矣[49]！”或强以宋诸儒之学问[50]，则曰：“必不得已，吾取同甫[51]。”

注释

[41] 天下大定：指南明势力被彻底消灭。

[42]“老夫”诸句：见傅山《书张维遇志状后》。庄、列，庄子与列子，先秦道家学说代表人物。傅文作“老、庄”。

[43] 雅：向来。欧公：北宋文学家欧阳修。

[44] 江南之文：江南文风多有浮华不实的讥评。傅山《序西北之文》：“东南之文概主欧（阳修）、曾（巩），西北之文不欧、曾。”

[45] 平定：今山西平定县。张际：字维遇，傅山之友。傅山撰有《书张维遇志状后》。

[46]“今世”诸句：傅山《书张维遇志状后》称赞张：“际遇若此，敢死于床箦与敢死于沙场等也。且道今世纵酒悦色以期于死者，吾党有几人哉？”醇酒妇人，《史记·信陵君列传》：“公子自知再以毁废，乃谢病不朝，与宾客为长夜饮。饮醇酒，多近妇女，日夜为乐饮者四岁，竟病酒而卒。”

[47] 弯强：拉强弓。跃骏：跨骏马。

[48] 占毕：诵读。

[49]“埋吾血”句：《庄子·外物》成玄英疏：“苌弘遭谮（zèn，谗毁），被放归蜀。自恨忠而遭谮，遂刳（kū，剖开）肠而死。蜀人感之，以匮（同“柜”）藏其血，三年而化为碧玉，乃精诚之至也。”

[50] 宋诸儒：指宋代理学家程颐、程颢、朱熹等人的学说，多讲性命天理。

[51] 同甫：陈亮，字同甫，南宋永康（今属浙江）人。好谈兵法，注重事功。

先生工书，自大小篆、隶以下，无不精。兼工画。尝自论其书曰[52]：“弱冠学晋唐人楷法[53]，皆不能肖，及得松雪香山墨迹，爱其员转流丽[54]，稍临之，则遂乱真矣。”已而乃愧之曰：“是如学正人君子者，每觉其觚棱难近；降与匪人游，不觉其日亲者。松雪曷尝不学右军；而结果浅俗，至类驹王之无骨[55]，心术坏而手随之也。”于是复学颜太师。因语人学书之法：宁拙毋巧，宁丑毋媚，宁支离毋轻滑，宁真率毋安排。君子以为先生非止言书也。

注释

[52] 以下注释参见本书傅山《作字示子孙》。
[53] 弱冠：二十岁。
[54] 员：同“圆”。
[55] 驹王：徐驹王为徐国先君（见《礼记·檀弓》），当与徐偃王为同一人。

先生既绝世事，而家传故有禁方[56]，乃资以自活。其子曰眉，字寿髦，能养志。每日樵于山中[57]，置书担上，休担则取书读之。中州有吏部郎者[58]，故名士，访先生。既见，问曰：“郎君安往[59]？”先生答曰：“少需之[60]，且至矣。”俄而有负薪而归者，先生呼曰：“孺子，来前肃客[61]！”吏部颇惊。抵暮，先生令伴客寝，则与叙中州之文献[62]，滔滔不置，吏部或不能尽答也。诘朝[63]，谢先生曰：“吾甚惭于郎君。”先生故喜苦酒[64]，自称老蘗禅[65]，眉乃自称曰小蘗禅。或出游，眉与子共挽车[66]。暮宿逆旅[67]，仍篝灯课读经、史、骚、选诸书[68]。诘旦，必成诵始行，否则予杖[69]。故先生之家学，大河以北，莫能窥其藩者[70]。

尝批欧公《集古录》曰[71]："吾今乃知此老真不读书也。"

注释

[56] 禁方：秘方。

[57] 樵：砍柴。

[58] 中州：今河南一带。

[59] 郎君：对年轻男子的尊称。

[60] 少需：稍等。

[61] 肃客：拜见客人。

[62] 文献：指典籍与贤才。朱熹注《论语·八佾》："文，典籍也；献，贤才也。"

[63] 诘朝：明晨。下文"诘旦"同。

[64] 故：本来。

[65] 老檗（bò）禅：吃苦修行的老和尚。檗，一种落叶乔木，树皮味苦，可入药。

[66] 挽车：拉车。

[67] 逆旅：客店。

[68] 篝灯：灯笼。骚：《楚辞》。选：《昭明文选》。

[69] 予杖：杖责。

[70] 藩：藩篱。比喻边际。

[71] 批：评点。《集古录》：即《集古录跋尾》，十卷，欧阳修撰，是中国现存最早的金石学著作。

戊午[72]，天子有大科之命[73]，给事中李宗孔、刘沛先以先生荐。时先生年七十有四，而眉以病先卒，固辞，有司不可。先生称疾，有司乃令役夫舁其床以行[74]，二孙侍。既至京师三十里，以死拒，不入城。于是益都冯公首过之[75]，公卿毕至。先生卧床，不具迎送礼。蔚州魏公乃以其老病上闻[76]，诏免试，许放还山[77]。时征士中报罢而年老者[78]，恩赐以官。益都密请以先生与杜征君紫峰[79]，虽皆未豫试[80]，然人望也[81]。于是亦特加中书舍人以宠之[82]。益都乃诣先生曰[83]："恩命出自格外，虽病，其为我强入一谢[84]。"先生不可。益都令其宾客百辈说之[85]，遂称疾笃[86]，乃使人舁以入。望见午门[87]，泪涔涔下[88]。益都强掖之使谢[89]，则仆于地。蔚州进曰："止，止，是即谢矣。"次日遽归，大学士以下，皆出城送之。先生叹曰："自今以还，其脱然无累哉[90]！"既而又曰："使后世或妄以刘因辈贤我[91]，且死不瞑目矣。"闻者咋舌[92]。及卒，以朱衣黄冠殓[93]。著述之仅传者，曰《霜红龛集》十二卷，眉之诗亦附焉。眉诗名《我诗集》，同邑人张君刻之宜兴[94]。

注释

[72] 戊午：康熙十七年（1678）。

[73] 大科之命：康熙十七年，诏命开博学鸿词科，要求各省举荐学行兼优之士赴京应试。大科，以称由皇帝特命举行的考试。

[74] 舁（yú）：抬。

[75] 益都：县名，今山东青州市。冯公：冯溥，益都人。顺治朝进士，时任文华殿大学士。

[76] 蔚州：今河北蔚县。魏公：魏象枢，山西蔚州人。顺治朝进士，时任左都御史。上闻：上报皇帝。

[77] 还山：隐居。

[78] 征士：指称不接受朝廷征聘的隐士，"征君"义同。此处指被荐举参加博学鸿词科考试者。报罢：没有录取。

[79] 杜征君紫峰：杜越，号紫峰，容城（今河北容城县）人。明诸生，入

清以讲学终。

[80] 豫：通“与”，参与。

[81] 人望：为众人所仰望者。

[82] 中书舍人：属内阁中书科，掌机密文书的抄写及翻译等事宜。

[83] 诣：造访。

[84] 其：表祈使，当。

[85] 百辈：上百人。辈，个。说（shuì）：劝说。

[86] 疾笃：病势沉重。

[87] 午门：北京紫禁城南面的正门。

[88] 涔涔（cén）：泪流不止的样子。

[89] 掖：拉着手臂。

[90] 其：表推测，大概。脱然：超脱。

[91] 刘因：字梦吉，号静修，河北容城人。元代理学家，与许衡（号鲁斋）齐名。至元年间（1264—1294）被召入朝，授右赞善大夫，不久辞归。明何良俊《语林》卷五记：“中统（1260—1264）初，许鲁斋应召赴都日，道谒刘静修先生。静修言：‘公一聘而起，无乃太速？’许答曰：‘不如此，则道不行。’后至元中，征静修至，以为赞善大夫，未几辞去。及召为翰林学士，复以疾辞。或问之，答曰：‘不如此，则道不尊。’”

[92] 咋（zé）舌：咬住舌头，指因惊吓而不敢说话。

[93] 殓（liàn）：给死者穿衣入棺。

[94] 张君：名耀先，阳曲人。乾隆十二年（1747）在宜兴辑印《霜红龛集》十二卷、《我诗集》六卷。

先生尝走平定山中，为人视疾，失足堕崩崖，仆夫惊哭曰：“死矣！”先生旁皇四顾[95]，见有风峪甚深[96]，中通天光，一百二十六石柱林立，则高齐所书佛经也[97]。摩挲视之[98]，终日而出，欣然忘食。盖其嗜奇如此。惟顾亭林之称先生曰[99]：“萧然物外，自得天机。”[100]予则以为是特先生晚年之踪迹[101]，而尚非其真性所在。卓尔堪曰[102]：青主盖时时怀“翟义之志”者[103]。可谓知先生者矣。

注释

[95] 旁皇：徘徊。

[96] 峪：山谷。

[97] 高齐：即北齐，皇室姓高。

[98] 摩挲（suō）：抚摸。

[99] 顾亭林：即顾炎武，字宁人，世称亭林先生。著名的明遗民学者。语出顾炎武《广师》。

[100] 萧然物外，自得天机：萧然，潇洒。天机，灵性。

[101] 特：只是。

[102] 卓尔堪：清初诗人。辑有《遗民诗》十六卷。

[103] 翟义：汉朝人。王莽称帝时，翟义为东郡太守，拥刘信为帝，起兵讨莽，兵败而死。语见卓尔堪《遗民诗》卷一傅山小传。

吾友周君景柱守太原[104]，以先生之行述请[105]，乃作事略一篇致之，使上之史馆[106]。予固知先生之不以静修自屈者[107]，其文当不为先生之所唾；但所愧者，未免为江南之文尔。

注释

[104] 周景柱，乾隆十二年（1747）出任太原知府。

[105] 行述：也称“行状”，记述逝者家世、生平，以供作史或作墓志者参考的传记。

[106] 史馆：国史馆，属翰林院。

[107] 不以静修自屈：刘因的辞归与不就乃是为了争“道尊”，更是故作姿态，所以为傅山鄙弃。自屈，委屈自己。

书耳

版面上还有书耳，宋本书中常有这种现象。所谓书耳，是指在版面左侧边栏外的上角镌印出约半厘米宽、二厘米长的空格，与左边栏上下平行，其形象如同书长了一只耳朵，所以称为书耳。书耳中常常镌印简单的题记，如《春秋左氏传》标记“僖公”“隐公”“哀公”，《诗经》则标记“关雎”“鹿鸣”等，使人易于检索，所以又称为耳题、耳记。

阳曲傅先生事略　上海涵芬楼影印姚江借树山房刊本

陽曲傅先生事略

朱衣道人者陽曲傅山先生也初字青竹尋改字青主或別署曰公之它亦曰石道人又字嗇廬家世以學行師表晉中先生六歲啖黃精不樂穀食強之乃復飯少讀書上口數過即成誦顧任俠見天下且喪亂諸號爲薦紳先生者多腐惡不足道憤之乃堅苦持氣節不肎少與時婾墮提學袁公繼咸爲巡按張孫振所誣孫振故奄黨也先生約其同學曹公良直等詣匭使三上書訟之不得達乃伏闕陳情時撫軍吳公甡亦直袁竟得雪而先生以是名聞天下馬文忠公世奇爲作傳以爲

朱衣道人者阳曲傅山先生也初字青竹寻改字青主或别署曰公之它亦曰石道人又字啬庐家世以学行师表晋中先生六岁啖黄精不乐谷食强之乃复饭少读书上口数过即成诵顾任侠见天下且丧乱诸号为荐绅先生者多腐恶不足道愤之乃坚苦持气节不肯少与时媕婀提学袁公继咸为巡按张孙振所诬孙振故奄党也先生约其同学曹公良直等诣匦使三上书讼之不得达乃伏阙陈情时抚军吴公甡亦直袁竟得雪而先生以是名闻天下马文忠公世奇为作传以为

裴瑜魏劭復出已而曹公任在兵科貽之書曰諫官當言天下第一等事以不負故人之期曹公瞿然即疏劾首輔宜興及駱錦衣養性直聲大震先生少長晉中得其山川雄深之氣思以濟世自見而不屑為空言于是蔡忠襄公撫晉時寇已亟講學於三立書院亦及軍政軍器之屬先生往聽之曰迂哉蔡公之言非可以起而行者也甲申夢天帝賜之黃冠乃衣朱衣居土穴以養母次年袁公自九江羈於燕邸以難中詩貽先生曰晉士惟門下知我最深蓋棺不遠斷不敢負知己使異日羞稱友生也先生得書慟哭曰公乎吾亦安敢負公哉

裴瑜魏劭复出已而曹公任在兵科贻之书曰谏官当言天下第一等事以不负故人之期曹公瞿然即疏劾首辅宜兴及骆锦衣养性直声大震先生少长晋中得其山川雄深之气思以济世自见而不屑为空言于是蔡忠襄公抚晋时寇已亟讲学于三立书院亦及军政军器之属先生往听之曰迂哉蔡公之言非可以起而行者也甲申梦天帝赐之黄冠乃衣朱衣居土穴以养母次年袁公自九江羁于燕邸以难中诗贻先生曰晋士惟门下知我最深盖棺不远断不敢负知己使异日羞称友生也先生得书恸哭曰公乎吾亦安敢负公哉

甲午以連染遭刑戮抗詞不屈絕粒九日幾死門人有以奇計救之者得免然先生深自咤恨以爲不如速死之爲愈而其仰視天俛畫地者竝未嘗一日止凡如是者二十年天下大定自是始以黃冠自放稍稍出土穴與客接然間有問學者則告之曰老夫學莊列者也於此間諸仁義事實羞道之卽強言之亦不工又雅不喜歐公以後之文曰是所謂江南之文也平定張際者亦遺民也以不謹得疾死先生撫其尸哭之曰今世之醇酒婦人以求必死者有幾人哉嗚呼張生是與沙場之痛等也又自歎曰彎強躍駿之骨而以佔畢朽之是則

甲午以连染遭刑戮抗词不屈绝粒九日几死门人有以奇计救之者得免然先生深自咤恨以为不如速死之为愈而其仰视天俯画地者并未尝一日止凡如是者二十年天下大定自是始以黄冠自放稍稍出土穴与客接然间有问学者则告之曰老夫学庄列者也于此间诸仁义事实羞道之即强言之亦不工又雅不喜欧公以后之文曰是所谓江南之文也平定张际者亦遗民也以不谨得疾死先生抚其尸哭之曰今世之醇酒妇人以求必死者有几人哉呜呼张生是与沙场之痛等也　又自叹曰弯强跃骏之骨而以占毕朽之是则

埋吾血千年而碧不可滅者矣或強以宋諸儒之學問則曰必不得已吾取同甫先生工書自大小篆隸以下無不精兼工畫嘗自論其書曰弱冠學晉唐人楷法皆不能肖及得松雪香山墨蹟愛其員轉流麗稍臨之則遂亂眞矣已而乃媿之曰是如學正人君子者每覺其觚稜難近降與匪人遊不覺其日親者松雪曷嘗不學右軍而結果淺俗至類駒王之無骨心術壞而手隨之也於是復學顏太師因語人學書之法寧拙毋巧寧醜毋媚寧支離毋輕滑寧眞率毋安排君子以爲先生非止言書也先生既絕世事而家傳故有禁方乃資以自

埋吾血千年而碧不可灭者矣或强以宋诸儒之学问则曰必不得已吾取同甫先生工书自大小篆隶以下无不精兼工画尝自论其书曰弱冠学晋唐人楷法皆不能肖及得松雪香山墨迹爱其员转流丽稍临之则遂乱真矣已而乃愧之曰是如学正人君子者每觉其觚棱难近降与匪人游不觉其日亲者松雪曷尝不学右军而结果浅俗至类驹王之无骨心术坏而手随之也于是复学颜太师因语人学书之法宁拙毋巧宁丑毋媚宁支离毋轻滑宁真率毋安排君子以为先生非止言书也先生既绝世事而家传故有禁方乃资以自

活其子曰眉字壽髦能養志每日樵於山中置書擔上休擔則取書讀之中州有吏部郎者故名士訪先生既見問曰郎君安往先生荅曰少需之且至矣俄而有負薪而歸者先生呼曰孺子來前肅客吏部頗驚抵暮先生令伴客寢則與敘中州之文獻滔滔不置吏部或不能盡荅也詰朝謝先生曰吾甚慙於郎君先生故喜苦酒自稱老蘗禪眉乃自稱曰小蘗禪或出遊眉與子共輓車暮宿逆旅仍篝燈課讀經史騷選諸書詰旦必成誦始行否則予杖故先生之家學大河以北莫能窺其藩者嘗批歐公集古錄曰吾今乃知此老眞不讀書也

活其子曰眉字寿髦能养志每日樵于山中置书担上休担则
取书读之中州有吏部郎者故名士访先生既见问曰郎君安
往先生答曰少需之且至矣俄而有负薪而归者先生呼曰孺
子来前肃客吏部颇惊抵暮先生令伴客寝则与叙中州之
文献滔滔不置吏部或不能尽答也诘朝谢先生曰吾甚惭
于郎君先生故喜苦酒自称老檗禅眉乃自称曰小檗禅或
出游眉与子共挽车暮宿逆旅仍篝灯课读经史骚选诸书
诘旦必成诵始行否则予杖故先生之家学大河以北莫能
窥其藩者尝批欧公集古录曰吾今乃知此老真不读书也

戊午
天子有大科之命給事中李宗孔劉沛先以先生薦時
先生年七十有四而眉以病先卒固辭有司不可先生
稱疾有司乃令役夫舁其牀以行二孫侍既至京師三
十里以死拒不入城於是益都馮公首過之公卿畢至
先生臥牀不具迎送禮蔚州魏公乃以其老病上聞
詔免試許放還山時徵士中報罷而年老者
恩賜以官益都密請以先生與杜徵君紫峰雖皆未豫
試然人望也於是亦
特加中書舍人以寵之益都乃詣先生曰

戊午天子有大科之命给事中李宗孔刘沛先以先生
荐时先生年七十有四而眉以病先卒固辞有司不可
先生称疾有司乃令役夫舁其床以行二孙侍既至京
师三十里以死拒不入城于是益都冯公首过之公卿
毕至先生卧床不具迎送礼蔚州魏公乃以其老病上
闻诏免试许放还山时征士中报罢而年老者恩赐以
官益都密请以先生与杜征君紫峰虽皆未豫试然人
望也于是亦特加中书舍人以宠之益都乃诣先生曰

恩命出自格外雖病其爲我強入一謝先生不可益都令其賓客百輩說之遂稱疾篤乃使人舁以入望見午門淚涔涔下益都強掖之使謝則仆於地蔚州進曰止止是即謝矣次日遽歸大學士以下皆出城送之先生歎曰自今以還其脫然無累哉既而又曰使後世或妄以劉因輩賢我且死不瞑目矣聞者咋舌及卒以朱衣黃冠殮著述之僅傳者曰霜紅龕集十二卷眉之詩亦附焉眉詩名我詩集同邑人張君刻之宜興先生嘗走平定山中爲人視疾失足墮崩崖僕夫驚哭曰死矣先生旁皇四顧見有風峪甚深中通天光一百二十六

恩命出自格外虽病其为我强入一谢先生不可益都令其宾
客百辈说之遂称疾笃乃使人舁以入望见午门泪涔涔下益
都强掖之使谢则仆于地蔚州进曰止止是即谢矣次日遽
归大学士以下皆出城送之先生叹曰自今以还其脱然无
累哉既而又曰使后世或妄以刘因辈贤我且死不瞑目矣
闻者咋舌及卒以朱衣黄冠殓著述之仅传者曰霜红龛集
十二卷眉之诗亦附焉眉诗名我诗集同邑人张君刻之宜
兴先生尝走平定山中为人视疾失足堕崩崖仆夫惊哭曰
死矣先生旁皇四顾见有风峪甚深中通天光一百二十六

石柱林立則高齋所書佛經也摩挲視之終日而出欣然忘食蓋其嗜奇如此惟顧亭林之稱先生曰蕭然物外自得天機予則以爲是特先生晚年之踪跡而尚非其眞性所在卓爾堪曰青主蓋時時懷翟義之志者可謂知先生者矣吾友周君景柱守太原以先生之行述請乃作事略一篇致之使上之史館予固知先生之不以靜修自屈者其文當不爲先生之所唾但所媿者未免爲江南之文爾

石柱林立则高齐所书佛经也摩挲视之终日而出欣然忘

食盖其嗜奇如此惟顾亭林之称先生曰萧然物外自得天

机予则以为是特先生晚年之踪迹而尚非其真性所在卓

尔堪曰青主盖时时怀翟义之志者可谓知先生者矣吾友

周君景柱守太原以先生之行述请乃作事略一篇致之使

上之史馆予固知先生之不以静修自屈者其文当不为先

生之所唾但所愧者未免为江南之文尔

文德

章学诚

章学诚（1738—1801），字实斋，会稽（今浙江绍兴）人。乾隆朝进士，主讲诸多书院，后入毕沅幕府，助修《续资治通鉴》。一生精力，都用于讲学、著述和编纂方志。所著《文史通义》极负盛名，与唐人刘知幾的《史通》同为史学理论名著。1922年有《章氏遗书》刊行。

单是“文史通义”四字，已足见章君抱负，起码不想让方苞辈独擅文名。其《文学·叙例》针对其时文章之弊，要求弟子“屏去世俗所选秦、汉、唐、宋仅论词致不求理实之文，而易以讨论经史、辨正典章、讲求学术之文”，这实际上是实践其文道合一的主张，以“学者之文”取代“文人之文”。具体论述时，章氏以桐城文章为假想敌（参阅章学诚《文理》《古文十弊》《清漳书院留别条训》）。

至于自家文章，章学诚似乎对传写人物记事述言最感兴趣。批评戴震“记传文字，非其所长”，强调“文章以叙事为最难”（参阅章学诚《答沈枫墀论学》《论课蒙学文法》），可见其努力方向。只是章氏最为精彩的文章，其实并非“记传文字”，而是辨章学术、考镜源流的《文史通义》。晚年撰《丙辰札记》，其中有一段妙语：

> 《文史通义》多警策动人，清言隽辩，间涉诙谐嘲笑。江湖游客藉为谈锋，科举之士用资策料，斯亦已尔。乃有时流，自命著述，往往阴剿其言。至于引伸触类，往往失其指也。

如此“抱怨”，大有得意之色。第一句乃“自报家门”，大致说清此书的文风，似乎没必要再多费口舌。

凡言义理，有前人疏而后人加密者，不可不致其思也。古人论文，惟论文辞而已矣[1]。刘勰氏出，本陆机氏说而昌论文心[2]；苏辙氏出，本韩愈氏说而昌论文气[3]——可谓愈推而愈精矣。未见有论文德者[4]，学者所宜深省也。

注释

[1]“古人论文”二句：如《论语·卫灵公》：“子曰：‘辞达而已矣。’”《左传·襄公二十五年》引孔子语“非文辞不为功”。

[2]“刘勰（xié）氏”二句：刘勰，南朝梁人，所著《文心雕龙》，为中国现存最早的文学理论专著。陆机，西晋人，有《陆士衡文集》传世。陆机《文赋·序》：“余每观才士之所作，窃有以得其用心。”《文心雕龙·序志》：“夫文心者，言为文之用心也。”刘勰也以“文心”作书名。

[3]“苏辙氏”二句：苏辙，北宋人，苏轼的弟弟，有《栾城集》等传世。韩愈，唐朝人，有《昌黎先生集》等传世。韩愈《答李翊书》：“气盛，则言之短长与声之高下者皆宜。”苏辙《上枢密韩太尉书》：“以为文者，气之所形。然文不可以学而能，气可以养而致。”

[4]未见有论文德者：“文德”一词，古已有之。然其义多为文教德化。北齐杨愔愔也撰有《文德论》，所述为作者的道德修养，亦与章学诚的关注点不同。

夫子尝言“有德必有言”[5]，又言“修辞立其诚”[6]，孟子尝论“知言”“养气”本乎“集义”[7]，韩子亦言“仁义之途”，“《诗》《书》之流”[8]，皆言德也。今云未见论文德者，以古人所言，皆兼本末，包内外，犹合道德、文章而一之；未尝就文辞之中言其有才，有学，有识，又有文之德也。凡为古文辞者，必敬以恕[9]。临文必敬[10]，非修德之谓也；论古必恕[11]，非宽容之谓也。敬非修德之谓者，气摄而不纵[12]，纵必不能中节也[13]。恕非宽容之谓者，能为古人设身而处地也。嗟乎！知德者鲜[14]，知临文之不可无敬恕，则知文德矣。

[5] 有德必有言：语出《论语·宪问》“有德者必有言”。

[6] 修辞立其诚：语出《易·乾·文言》。

[7] “知言”“养气”：《孟子·公孙丑上》：“我知言，我善养吾浩然之气。……其为气也，配义与道；无是，馁也。是集义所生者，非义袭而取之也。”知言，善于辨析他人言辞。

[8] “韩子”句：韩愈《答李翊书》：“行之乎仁义之途，游之乎《诗》《书》之源，无迷其途，无绝其源，终吾身而已矣。”流，通行本作“源”。

[9] 以：与。

[10] 临文：作文。敬：《论语·宪问》：“子路问君子。子曰：‘修己以敬。’”古人言“敬”，是指修德。

[11] 恕：《论语·卫灵公》：“子贡问曰：‘有一言而可以终身行之者乎？’子曰：‘其恕乎！己所不欲，勿施于人。’”古人言“恕”，是指宽容。

[12] 摄：收敛。

[13] 中（zhòng）节：合乎分寸。

[14] 知德者鲜（xiǎn）：语出《论语·卫灵公》：“子曰：‘由，知德者鲜矣。’”由，即仲由，字子路。鲜，少。

昔者陈寿《三国志》，纪魏而传吴、蜀[15]，习凿齿为《汉晋春秋》，正其统矣[16]；司马《通鉴》仍陈氏之说[17]，朱子《纲目》又起而正之[18]。“是非之心，人皆有之。”[19]不应陈氏误于先，而司马再误于其后，而习氏与朱子之识力，偏居于优也。而古今之讥《国志》与《通鉴》者[20]，殆于肆口而骂詈[21]，则不知起古人于九原[22]，肯吾心服否邪？陈氏生于西晋，司马生于北宋，苟黜曹魏之禅让[23]，将置君父于何地？而习与朱子，则固江东南渡之人也，惟恐中原之争天统也。（此说前人已言[24]）诸贤易地则皆然[25]，未必识逊今之学究也[26]。是则不知古人之世，不可妄论古人文辞也。知其世矣，不知古人之身处，亦不可以遽论其文也。身之所处，固有荣辱隐显、屈伸忧乐之不齐，而言之有所为而言者，虽有子不知夫子之所谓[27]，况生千古以后乎！圣门之论恕也，“己所不欲，勿施于人”，其道大矣。今则第为文人[28]，论古必先设身，以是为文德之恕而已尔。

注释

[15]《三国志》，纪魏而传吴、蜀：据《隋书·经籍志》：“晋时，巴西陈寿删集三国之事，唯魏帝为纪，其功臣及吴、蜀之主并皆为传。”而依“史家之例，帝曰本纪，臣曰列传”（清殿本张照《三国志·目录考证》），《三国志》为魏帝立本纪，吴、蜀二帝只立传，显系以曹魏为正统。

[16] 习凿齿：东晋学者，著有《汉晋春秋》，以蜀汉为正统。

[17] 司马《通鉴》：即司马光主持编撰的《资治通鉴》，记述三国史，以曹魏为正统。

[18] 朱子《纲目》：南宋朱熹撰《资治通鉴纲目》，改以蜀汉为正统。

[19]“是非”二句：语出《孟子·告子上》。

[20]《国志》：即《三国志》。

[21] 殆：接近。骂詈（lì）：斥骂。

[22] 九原：墓地。

[23] 黜：贬斥。曹魏之禅（shàn）让：指公元 220 年，魏王曹丕强迫汉献帝禅让，自立称帝。禅让，把帝位让给他人。

[24] 此说前人已言：如清初朱彝尊《陈寿论》：“《纲目》纪年，以章武（蜀汉昭烈帝刘备年号）接建安（汉献帝年号），而后得统之正。然百世之下可尔，其在当时，蜀入于魏，魏禅于晋，寿既仕晋，安能显尊蜀以

干大戮乎？”

[25] 易地则皆然：语出《孟子·离娄下》，意为互换所处位置，也会和对方持论相同。

[26] 学究：读书人。

[27] 有子不知夫子之所谓：有子，孔子弟子有若，字子有。《礼记·檀弓》记载，有子听曾子说，孔子对“丧”的说法是“丧欲速贫，死欲速朽”，有子认为：“是非君子之言也。”但曾子说是和子游一起听孔子说的。有子说：“然则夫子（指孔子）有为言之也。”后来子游证明，孔子之言果然都有具体的针对性。

[28] 第：如果。

韩氏论文，“迎而拒之，平心察之”，喻气于水，言为浮物[29]。柳氏之论文也，“不敢轻心掉之”，“怠心易之”，“矜气作之”，“昏气出之”[30]。夫诸贤论心论气，未即孔、孟之旨，及乎天人、性命之微也。然文繁而不可杀[31]，语变而各有当。要其大旨则临文主敬，一言以蔽之矣。主敬则心平，而气有所摄，自能变化从容以合度也。夫史有三长，才、学、识也。古文辞而不由史出[32]，是饮食不本于稼穑也[33]。夫识生于心也，才出于气也。学也者，凝心以养气，炼识而成其才者也。心虚难恃[34]，气浮易弛。主敬者，随时检摄于心气之间[35]，而谨防其一往不收之流弊也。夫缉熙敬止[36]，圣人所以成始而成终也，其为义矣广矣[37]。今为临文，检其心气，以是为文德之敬而已尔。

注释

[29]“迎而拒之”四句：均见韩愈《答李翊书》：“迎而距（通“拒”，抗拒）

之，平心而察之，其皆醇也，然后肆焉。”“气，水也；言，浮物也。水大而物之浮者大小毕浮。气之与言犹是也。”

[30]“不敢轻心掉之”四句：柳宗元《答韦中立论师道书》：“故吾每为文章，未尝敢以轻心掉之，惧其剽（轻浮）而不留也；未尝敢以怠心易之，惧其弛而不严也；未尝敢以昏气出之，惧其昧没（隐晦）而杂也；未尝敢以矜（骄傲）气作之，惧其偃蹇（傲慢）而骄也。”

[31] 文繁而不可杀（shài）：语出《公羊传·僖公二十二年》：“《春秋》辞繁而不杀者，正也。”杀，减省。

[32] 古文辞而不由史出：章学诚《文史通义·易教上》：“六经皆史也。古人不著书，古人未尝离事而言理，六经皆先王之政典也。”

[33] 稼穑：耕种与收获。

[34] 恃：依赖。

[35] 检摄：约束监督。

[36] 缉熙敬止：语出《诗·大雅·文王》。缉熙，光明。敬止，敬仰。

[37] 义矣：通行本作“义也”。

文德

凡言義理有前人疎而後人加密者不可不致其思也古人論文惟論文辭而已矣劉勰氏出本陸機氏說而昌論文心蘇轍氏出本韓愈氏說而昌論文氣可謂愈推而愈精矣未見有論文德者學者所宜深省也夫子嘗言有德必有言又言修辭立其誠孟子嘗論知言養氣本乎集義韓子亦言仁義之途詩書之流皆言德也今云未見論文德者以古人所言皆兼本末包內外猶合道德文章

凡言义理有前人疏而后人加密者不可不致其思也古人论文惟
论文辞而已矣刘勰氏出本陆机氏说而昌论文心苏辙氏出本韩
愈氏说而昌论文气可谓愈推而愈精矣未见有论文德者学者
所宜深省也夫子尝言有德必有言又言修辞立其诚孟子尝论
知言养气本乎集义韩子亦言仁义之途诗书之流皆言德也今
云未见论文德者以古人所言皆兼本末包内外犹合道德文章

而一之未嘗就文辭之中言其有才有學有識又有文之德也凡爲古文辭者必敬以恕臨文必敬非修德之謂也論古必恕非寬容之謂也敬非修德之謂者氣攝而不縱縱必不能中節也恕非寬容之謂者能爲古人設身而處地也嗟乎知德者鮮知臨文之不可無敬恕則知文德矣昔者陳壽三國志紀魏而傳吳蜀習鑿齒爲漢晉春秋正其統矣司馬通鑒仍陳氏之說朱子綱目又起而正之是非之心人皆有之不應陳氏悞於先而司馬再悞於其後而習氏與朱子之識力偏居於優也而古今之譏國志與通鑒者殆於肆口而罵詈則不知起古人於九原肯吾心服否邪陳氏生於西晉司馬生於北宋苟黜曹魏之禪讓將置君父於

而一之末尝就文辞之中言其有才有学有识又有文之德也
凡为古文辞者必敬以恕临文必敬非修德之谓也论古必恕
非宽容之谓也敬非修德之谓者气摄而不纵纵必不能中节也
恕非宽容之谓者能为古人设身而处地也嗟乎知德者鲜知临
文之不可无敬恕则知文德矣昔者陈寿三国志纪魏而传吴蜀
习凿齿为汉晋春秋正其统矣司马通鉴仍陈氏之说朱子纲
目又起而正之是非之心人皆有之不应陈氏误于先而司马再
误于其后而习氏与朱子之识力偏居于优也而古今之讥国志
与通鉴者殆于肆口而骂詈则不知起古人于九原肯吾心服否
邪陈氏生于西晋司马生于北宋苟黜曹魏之禅让将置君父于

何地而習與朱子則固江東南渡之人也惟恐中原之爭天統也（此說前人已言）諸賢易地則皆然未必識遜今之學究也是則不知古人之世不可妄論古人文辭也知其世矣不知古人之身處亦不可以遽論其文也身之所處固有榮辱隱顯屈伸憂樂之不齊而言之有所爲而言者雖有子不知夫子之所謂況生千古以後乎聖門之論恕也己所不欲勿施於人其道大矣今則第爲文人論古必先設身以是爲文德之恕而已爾韓氏論文迎而拒之平心察之喻氣於水言爲浮物柳氏之論文也不敢輕心掉之怠心易之矜氣作之昏氣出之夫諸賢論心論氣未即孔孟之旨及乎天人性命之微也然文繁而不可殺語變而各有當要其大旨

何地而习与朱子则固江东南渡之人也惟恐中原之争天统也诸贤易地则皆然未必识逊今之学究也是则不知古人之（此说前人已言）世不可妄论古人文辞也知其世矣不知古人之身处亦不可以遽论其文也身之所处固有荣辱隐显屈伸忧乐之不齐而言之有所为而言者虽有子不知夫子之所谓况生千古以后乎圣门之论恕也己所不欲勿施于人其道大矣今则第为文人论古必先设身以是为文德之恕而已尔韩氏论文迎而拒之平心察之喻气于水言为浮物柳氏之论文也不敢轻心掉之怠心易之矜气作之昏气出之夫诸贤论心论气未即孔孟之旨及乎天人性命之微也然文繁而不可杀语变而各有当要其大旨

則臨文主敬一言以蔽之矣主敬則心平而氣有所攝自能變化從容以合度也夫史有三長才學識也古文辭而不由史出是飲食不本於稼穡也夫識生於心也才出於氣也學也者凝心以養氣鍊識而成其才者也心虛難恃氣浮易弛主敬者隨時檢攝於心氣之間而謹防其一往不收之流弊也夫緝熙敬止聖人所以成始而成終也其爲義矣廣矣今爲臨文檢其心氣以是爲文德之敬而已爾

则临文主敬一言以蔽之矣主敬则心平而气有所摄自能变化从容以合度也夫史有三长才学识也古文辞而不由史出是饮食不本于稼穑也夫识生于心也才出于气也学也者凝心以养气炼识而成其才者也心虚难恃气浮易弛主敬者随时检摄于心气之间而谨防其一往不收之流弊也夫缉熙敬止圣人所以成始而成终也其为义矣广矣今为临文检其心气以是为文德之敬而已尔

病梅馆记

龚自珍

龚自珍（1792—1841），字璱人，号定盦，浙江仁和（今杭州）人。早岁屡试不第，三十八岁始中进士。晚年辞官讲学，开一代新风。乃嘉、道间提倡“通经致用”的今文学派的代表人物，再加上其文古奥奇崛，其诗瑰丽雄阔，对晚清的思想文化界影响极大。今人辑有《龚自珍全集》。

以杂谶纬故多诡异、工词曲故多哀艳来概括刘逢禄辈尚可，用来描述其弟子龚自珍，或者后学康有为，可就显得勉为其难了。龚氏的负才使气，以及文章之怪诞妩媚，远在其师之上。同样师事刘逢禄的魏源，在《定盦文录序》中，极为赞赏龚氏之文，并称其学：

于经通《公羊春秋》，于史长西北舆地。其书以六书小学为入门，以周秦诸子吉金乐石为崖郭，以朝掌国故、世情民隐为质干。晚尤好西方之书，自谓造深微云。

注重边事、好论世情，根柢于其通经致用的学术取向；而上法诸子、晚耽佛学，很大程度是为谋求思想的解放。这两者决定了其以狂放不羁的思考、恢诡奥博之文辞，出而讥切时政者最见光彩。龚氏读书博杂，才气横溢，时人多惊叹其辞采丰伟；但更难得的是《尊隐》《论私》《病梅馆记》等议论之精微深切，一扫桐城古文“不宜说理”的感叹。

江宁之龙蟠[1]，苏州之邓尉[2]，杭州之西溪[3]，皆产梅。或曰："梅以曲为美，直则无姿；以欹为美[4]，正则无景；梅以疏为美，密则无态。固也[5]。"此文人画士，心知其意，未可明诏大号以绳天下之梅也[6]；又不可以使天下之民斫直，删密，锄正，以夭梅病梅为业以求钱也[7]。梅之欹之疏之曲，又非蠢蠢求钱之民能以其智力为也。有以文人画士孤癖之隐明告鬻梅者[8]，斫其正，养其旁条，删其密，夭其稚枝[9]，锄其直，遏其生气[10]，以求重价，而江浙之梅皆病。文人画士之祸之烈至此哉！

注释

[1] 江宁：清代江宁府，治所在今江苏南京市。龙蟠：即今龙蟠里，在南京市清凉山东南侧，为清代赏梅胜地。

[2] 邓尉：山名，在今江苏苏州市西南，其梅开盛景号称"香雪海"。

[3] 西溪：清代指今浙江杭州市西湖区古荡街道至留下镇一带水网地区，乘船赏梅为其特色。

[4] 欹（qī）：歪斜。

[5] 固：必定。

[6] 明诏大号：公开宣告。明诏、大号，原均指帝王发布诏令。绳：约束。

[7] 夭：摧残。病：使成病态。

[8] 孤癖：孤独怪癖。隐：隐衷。鬻（yù）：卖。

[9] 稚枝：嫩枝。

[10] 遏：遏制。

予购三百盆[11]，皆病者，无一完者。既泣之三日，乃誓疗之：纵之顺之[12]，毁其盆，悉埋于地，解其棕缚[13]，以五年为期，必复之全之。予本非文人画士，甘受诟厉[14]，辟病梅之馆以贮之[15]。乌呼！安得使予多暇日，又多闲田，以广贮江宁、杭州、苏州之病梅，穷予生之光阴以疗梅也哉[16]！

注释

[11] 瓮：同“盆”。
[12] 纵：放纵。顺：顺其自然。
[13] 棕缚：棕绳的束缚。
[14] 诟厉：辱骂。
[15] 辟：开设。
[16] 穷：竭尽。

牌记

古人刻书，特别是私宅、坊肆刻书，常在卷前内封、目录前后、相关卷末镌雕署记、牌记、刊记，类似现代书籍的版权页，将书名、著者、批点评论者、刊版年月、雕版的斋堂室名等，择要注出。除了刻书署记外，还可以见到在目录后、序后、衔名后，或某卷卷尾、全书卷尾刻印的各种形式的牌记，如矩形墨线框围，或钟形、鼎形、碑形、亚字形、葫芦形等博古线画，在其中镌印与版刻有关的文字。有人把这些统称为书牌或牌记，也称为木记。

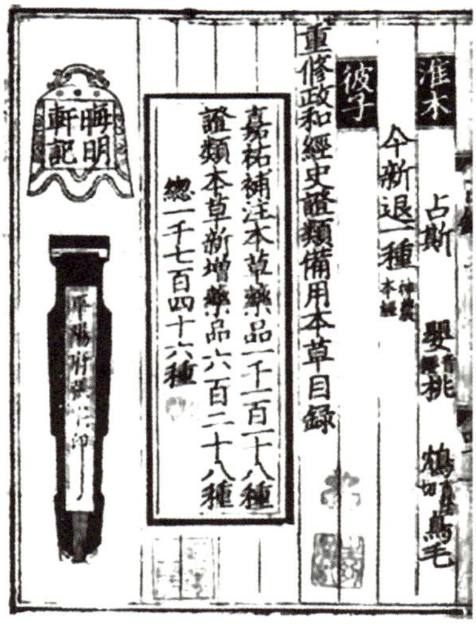

元定宗四年张存惠晦明轩刻本《重修政和经史证类备用本草》牌记

病槑館記

江寧之龍蟠蘇州之鄧尉杭州之西谿皆產槑或曰槑以曲爲美直則無姿以欹爲美正則無景槑以疏爲美密則無態固也此文人畫士心知其意未可明詔大號以繩天下之槑也又不可以使天下之民斫直刪密鋤正以殀槑病槑爲業以求錢也槑之欹之疏之曲又非蠢蠢求錢之民能以其智力爲也有以文人畫士孤癖之隱明告鬻槑者斫其正養其旁條刪其密夭其稚枝鋤其直遏其生气以求重價而江浙之槑皆病文人畫士之禍之烈至此哉予購三百盆皆病者無一完者既泣之三日乃誓療之縱之順之毀其盆悉埋於地解其椶縛以五年爲期必復之全之予本非文人畫士甘受詬厲闢病槑之館以貯之烏乎安得使予多暇日又多閒田以廣貯江寧杭州蘇州之病槑窮予生之光陰以療梅也哉

江宁之龙蟠苏州之邓尉杭州之西溪皆产梅或曰梅以曲为美直
则无姿以欹为美正则无景梅以疏为美密则无态固也此文人画
士心知其意未可明诏大号以绳天下之梅也又不可以使天下之
民斫直删密锄正以夭梅病梅为业以求钱也梅之欹之疏之曲又
非蠢蠢求钱之民能以其智力为也有以文人画士孤癖之隐明告
鬻梅者斫其正养其旁条删其密夭其稚枝锄其直遏其生气以求
重价而江浙之梅皆病文人画士之祸之烈至此哉予购三百盆皆
病者无一完者既泣之三日乃誓疗之纵之顺之毁其盆悉埋于地
解其棕缚以五年为期必复之全之予本非文人画士甘受诟厉辟
病梅之馆以贮之呜呼安得使予多暇日又多闲田以广贮江宁杭
州苏州之病梅穷予生之光阴以疗梅也哉